骨生花

Bones And Flowers

作 燈燈子
繪 黑色豆腐

目錄

第一章　啖梅

白雪紛飛的山谷中，跌跌撞撞走來一道人影。

裴越走在前頭，與那人相隔百步之遙，神色冰冷下心裡厭煩得很。

萬月霜嶺每年大雪封山一次，每次封半年。山中恆年暴雪連天，魔物凶殘成性，哪怕是修真者也難以翻越這幾十座綿延雪山，裴越正好趁此機會甩掉那群正道狗混的追殺。世人皆知，修真界第一大門派是雲山傾天闕，裴越曾經是傾天闕十六峰中的執劍長老，千年難得一見的劍修鬼才，只差一步即可渡劫飛升的大乘境界修真者，更是天道所指的劍尊大能。

哪知道在一百年前，裴越毫無預兆下背叛傾天闕，一夕之間斬雲山，焚劍閣，奪仙器，自此銷聲匿跡。

天下第一劍尊無緣無故背棄師門，雖然讓天下人錯愕，但細想又是情理之中。畢竟裴越看似仙風道骨，實為恣意妄為，喜怒無常。看似沉默寡言，實為性子狂狷古怪，刻薄成性。

然而冷漠無情是真的，孤僻乖戾也是真的，外加自私記仇，睚眥必報。他只對感興趣的物事施捨半分眼神，其他東西在他眼中皆為死物，哪怕自家掌門就坐在對面。

所以裴越叛出傾天闕，天下同是一句：劍尊無情無義，今天有此一舉，不足為奇。

然而眾人料到他叛離，卻沒料到他出現在九州夏南的仙地祕境。當曾經白衣白髮的劍尊，改以一襲暗浪逐月紋的黑袍立於祕境之巔，修真界才知曉，不過兩百年時間就熊熊崛起的神祕門派——「燭嶺古都」的尊主竟然是他。原來當初裴越仍是傾天闕長老時已有叛離之心，偷偷自立門戶不說，還私自將修真界為數不多的洞天福地據為己有，畫地成國，這不叫人面獸心？這不叫白眼狼？

修真界對裴越和燭嶺古都並不待見，傾天闕更是恨不得殺之而後快。但礙於劍尊的修為和燭嶺古都的勢力，姑且維持河水不犯井水的局面，如履薄冰下早已暗潮洶湧。

粉碎這層薄冰的，是一個月前在九州吟北舉行的修真大會。

以傾天闕為首，各大修真世家和門派對燭嶺古都的修士作出指控，說他們在九州各地侵吞小門派，剖金丹毀元神，殺人放火無惡不作。更異口同聲地誣陷宗門之首的裴越是正道邪魔，獨占夏南祕境不說，還縱容門下修士行凶作惡。

此人頂著第一劍尊之名，行忤逆天道之事，此門派上梁不正下梁歪，實為蛇鼠一窩的邪派敗類。

裴越不死，天下大亂！

現在不殺他，還留著等他禍亂修真界嗎？

此匪類不配修道，得要毀他金丹！滅他元神！將他斬殺於天道下！

眾人慷慨激昂大加撻伐，裴越懶得辯駁，何況對方都喊打喊殺了，他不拔劍還真說不過去。

此次修真大會，裴越隻身赴會，不帶燭嶺古都任何一人。即使如此，修真界也不敢輕視，派出元嬰以上的修士足有三千人，傾盡千百天材地寶，與他大戰三天三夜。

最後因裴越身負重傷而告一段落。

能與三千名元嬰以上的修士對陣也是機會難得，剛開始劍尊只是打鬧著玩，當作活動筋骨。出鞘的名劍「歸塵」刃如秋霜，劍意銳寒，百丈之內無人能近。

誰料到傾天闕下了重本，竟把天仙寶殿裡老祖留下的稀世祕寶扔他身上。

那是一縷天道，從寶盒竄出後天空頃刻間風起雲湧。

黑雲之下，三道天譴雷劫猝不及防地直往裴越腦門劈，不亞於當年他突破至大乘境界時轟烈，僅僅三道就把他的歸塵劈飛，震裂了幾分元神。

眾人見有機可乘，各種神兵利器、寶具符籙跟著雷劫往他頭上劈。

混亂之間，竟然襲來一絲微不可見的魔息，哪怕裴越察覺得再快也來不及，心臟傳來撕裂的痛。

裴越蹙眉：還是輕敵了，竟被人近身。

而且是不知哪個正道狗混，竟拿魔道陰邪之物暗算他。

那紫黑發亮、粗如兩指的椿花針刺入裴越的心臟，正中元神破裂的裂縫，魔息順著縫隙肆意入侵，呼吸間已侵占周身靈脈，乃至澄澈的赤金內丹也染成黑水汙濁。

裴越生生吐了一口血。

元神、靈脈和金丹均被魔噬。

他被迫入魔了。

從他身上感受到漫漫魔息，傾天闕掌門大喊：傳言不假，裴越這宵小之輩果然是魔道，天道不容啊！

看看這反白為黑的甩鍋姿勢，多絲滑流暢。

裴越眼底赫然一片腥紅。

頃刻間，他身周散發濃濃血意，降下帶有血鏽味的刺骨靈壓，壓得眾人頭痛欲裂，心臟擠壓，如窒息般喘不過氣來。

裴越抹去嘴角鮮血，奪來腳邊劍修的劍，手起劍落，當中劍意一道比一道凜冽，一道比一道戾悍。元嬰修士的劍抵不住他的狂暴劍氣，碎了一把裴越就再奪一把。

天雷三道，裴越同樣回以劍氣三道。

一道劈斷天雷，一道劈開山河，一道劈裂大地，連天道也被他的憤怒撼動，方圓百里隨之地裂山崩，並未觸及劍氣的三千修士卻因此陷入地裂深淵，死傷慘重。

裴越劈不夠，可他已經把胸前黑袍吐成血色，軀體實在難受，唯有冷嘖一聲，揮袖而去。

如此一來，他跟修真界的梁子結得更大了。

裴越煩得很，當初還在傾天闕時他就不問世事，回到燭嶺古都後不是窩在禁地裡閉關，就是當隻沒腳的小鳥到處御劍遊歷，當個恣意妄為的甩手尊主。

這回不過是心血來潮到吟北堆雪人，路過修真大會被拉進來開會，卻沒想到現在歸塵飛走了，自己入魔了，誰敢跟他說是命劫他就劈了誰。

以大乘修為鎮住體內暴走的魔息，裴越一路徒步——媽的這一內傷搞得他連御劍也不行，只能以自身超卓的體能，日夜兼程來到萬月霜嶺。

此戰雙方也吃了大虧，修真派雖然傷亡慘重，但好歹重創了劍尊，連那把威震天下的千古名劍也搞丟了，現在不趁他吐血時取他狗命實在過意不去。

傾天闕自然一馬當先，裴越前腳剛走，後腳就派人截殺。

然而對劍尊而言，萬物於手皆可為劍。在入山前他隨手折下一串梅枝，把十多名窮追不捨的化神大能削掉幾層境界，瀟灑遁入漫天飛雪的萬月霜嶺中。

翻過兩重雪山，追趕進來的修士不是被雪崩撲沒了，就是被魔物撲沒了，之後沒再派人來尋。剩下除了吐血之外就安然無恙的劍尊，慢條斯理地翻山越嶺。

喔不，還有那個一直跟在身後的傢伙。

那是進入萬月霜嶺後，裴越意外遇到的人。

當時山中除了風雪呼嘯，天地間再無餘音，直到天邊隆隆作響，遠處山壁塌陷，滾落大片積雪將山路掩埋。

劍尊心情不好，遇神殺神遇佛殺佛更別說這小小雪崩，拂袖以劍意吹飛擋路的雪。

眼前豁然開朗，心情才美妙一點點，越過山崩處時不經意瞥見雪裡埋著什麼。

又是一揮，積雪飛散，露出雪下的物件。

那是個人。

約是十七、八歲的少年，披頭散髮，白衣單薄，渾身血汙蜷縮在冰天雪地裡，肌膚所見之處被冷得死白發紫。

管他死了沒死，裴越不感興趣，正眼也不看繼續走他的路，只是經過時手裡梅枝隨意一扔，丟在少年身側。

剛走出一步，身後傳來枝條折斷的聲音。

裴越回頭，那少年還沒死透，撐起半邊身子，先是直勾勾看向他，半晌又愣愣地回看手裡梅枝，那眼裡茫然好像此生第一次看到梅花。

他伸手拈了拈緋紅色的花瓣，沾來幾絲清冷馨香，他湊近鼻尖聞了聞，下意識張口。

把花吃進嘴裡，咬合唇齒。

裴越看出少年是個修道之人，只有最基本的練氣期。更看出他神情呆滯，舉止失常，怕是修行不當遭到反噬，成了傻子。

尋常修真者大多從六歲開始修行，十歲入練氣，及冠前入築基，三十多歲結金丹，百歲前入元嬰。之後往上的每層境界為：出竅、化神、煉虛、合體、大乘、渡劫，最後飛升登仙。

境界越高，修為越難提升，可有不少修士停留在同一個境界幾千幾百年也無法突破。就得裴越這般天賦異稟的絕世鬼才，不到百歲時已經步入化神，現在更是最厲害的大乘大能。

然而這少年卻停留在基礎中的基礎、入門中的入門練氣期，還不知怎的弄傻了自己。

與廢物無異。

管他是什麼身分，又為什麼流落雪山之中，區區廢物，誰會憐憫他是死是活？

裴越不屑一顧，轉身又隱沒在風雪飄搖中。

然而走出幾十步後，裴越察覺身後有異。

那少年跌跌撞撞，跟上來了。

◆　◆　◆

萬月霜嶺終年大雪，只有永無止境的寒冬。

山路陡峭，積雪深可沒過膝蓋，裴越挑的都不是常人能走的路，修真者來了也恨不得一輩子御劍飛行。

體內受魔息侵襲，修為壓制下仍然不時衝撞作亂，但是浮在雪上行走還是輕易而舉的事。裴越用指尖再次抹去溢出嘴角的黑血，前進的步伐卻是從容淡定，有如在深山散步賞雪。

這時身後數十尺遠的厚雪嘩啦嘩啦地塌了，裴越不用回頭也知道，有人撞到枯樹，把枝幹上長年未動的雪給抖了下來。

那小傻子還在跟。

裴越沒日沒夜走了十五天，小傻子在他身後也沒日沒夜跟了十五天。

他無法像裴越那樣踏雪而行，拖著瘦如薄紙的身板，每一腳也紮實地陷在雪裡，每一步也走得艱辛又吃力。好幾次走得太慢被裴越甩掉，但不知怎的又冒出來，鍥而不捨地追在後頭。

那是傻子才有的執拗。

幸虧他是個修士，早已辟穀，換著凡人早在被雪崩送下來時就凍死了。

但無改傻子修為不高、肉體凡胎的事實，冰天雪地之下硬是走了半個月，走的不是出路，而是通往必死無疑的絕路。

反正這小傻子命不久矣，殺了也是浪費力氣。

裴越無心無性，自然不會同情。不過這些天下來，目之所及盡是白茫茫一片，看兩眼小傻子耍蠢算是枯燥乏味的路途中唯一的小樂趣。

又一陣雪塌，小傻子又去扯枯樹。

他手裡還握住那截梅枝，但已經光禿禿的只剩下枯竭枝椏。

梅花都在這路上給他啃光，吃沒了後他盯著禿枝歪頭發呆，好像奇怪怎麼梅花不見了。

之後只要遇著枯樹他就會上前扯一扯，塌了一身雪，盯著枝頭流口水，怕是以為用盯的能盯出花來。

明明辟穀了還想著吃，傻得真透徹。

裴越難得覺得可笑，又覺得有些可惜。九州各地也有裴越的洞府，吟北境內的萬月霜嶺就有一處，只有他和幾個宗門親信知道。

洞府位處偏僻危地，四周還設下幻陣，就是要把闖陣的人往死裡困。如此一來，那傻子再跟著也沒用，只要踏入幻陣必定迷失其中，打著轉等死，最後在無人知曉下化為荒野白骨。

之後就看不到他耍蠢了。

心頭的嘆惜不過稍縱即逝，裴越來到一處雪山峭壁盡頭，幻陣感應到洞主的歸來，扭曲空氣主動打開入口。裴越走入其中，破開的幻陣立刻關上，把呼嘯風雪隔絕在別有洞天外。

直到陣門閉上的最後一刻，他也沒看到那小傻子深陷在雪裡，朝他遙遙呆望。

與外面的漫漫長冬不一樣，洞府內四季如春，溫暖宜人。

得道五百年的劍尊其實頗重物慾，從不住在餐風飲露的山洞石窟，座落各地的幾十處洞府不是亭臺軒榭就是樓閣廊舫。隱藏於萬月霜嶺的洞府是一處奢華至極的雅致院落，紅牆綠瓦，竹簾鑲珠。前院栽種仙柳，柳葉垂落清池，後院依山傍水，遍地靈花靈草，洞府內外貴氣同時仙氣飄飄，風雅出塵。

劍尊不是來賞花賞水愉快度假，他來到後院靈氣最盛的天池石臺上，在身周布下陣法，盤膝而坐，運行僅存的靈氣，閉目入定。

體內魔息應時暴起，張狂地四處橫衝直撞，撕咬靈脈，混濁元神，侵吞金丹。比想像中麻煩。裴越輕咳，嚥下逼到喉頭的黑血，繼續運息調和，打算等下給段若丟個靈信紙鶴，讓他從燭嶺古都取些丹藥寶器過來，不然他就算閉關十年也化解不了半點魔息。

那狗殺的傾天闕可是等著他去滅門呢。

再度潛心入定，靈息勉強在混亂的體內運行三個小周天時，洞府外出了情況。有人破了幻陣，進來了。

裴越嗤笑：說人人就到，傾天闕也是有些能耐，到底找來多少個陣修高手，才能在兩個時辰不到的時間裡破解化神幻陣？

然而哪怕他只剩一個指頭能動，來多少個追殺者也不足為懼。

裴越好整以暇地繼續運息，他身上還套了堅固的陣法，就算追殺者來到跟前，只要陣法不破他也犯不著出手，讓他們乾瞪著眼看裴越入定個三天三夜也不成問題。

所以裴越入定再入定，運息再運息，如此三個時辰如彈指而過，他猛一睜眼，心裡奇怪。
怎麼還沒尋來？
洞府再大，也用不著花三個時辰來尋人，更別說裴越就坐在後院天池最顯眼的石臺上，走過路過絕不錯過。
裴越差點以為幻陣報錯，他不容許自身領地裡出現不明狀況，當即內息停轉，撤下陣法起身走去前院。
然後，他看到——
原本滿院滿庭、春意喜人的靈花靈草，禿了一片。
禿土邊緣蹲著一枚小身影，聽見裴越身上衣袍輕揚，循聲回頭。
是那小傻子。
嘴裡還塞著幾朵靈花。
早在進入洞府後就忘了小傻子，裴越還費神幾許才回想起來。最初被尾隨時的煩躁油然而生，就像腳跟黏了球甩不掉的紙團，不起眼，就是很煩人。
裴越眼裡厲光乍現，振袖一揮，把小傻子撲通扇飛到天池裡。
天池不深，小傻子咕嚕咕嚕地吐著水冒出來，不懂得怎麼突然飛進水裡了。可看見裴越時又手腳並用地爬上岸，步伐蹣跚走向他。
本是蓬頭垢面看不清臉的小傻子，現在落入天池後洗去身上髒汙，竟露出一張粉雕玉琢的俊美容顏。

尚未及冠的少年面如冠玉的俊秀，驚為天人的清美，烏髮濃密如綢，白膚凝脂勝雪，鳳眸桃花含春，嘴角還有一顆脣邊痣……怪不得那麼愛吃，連花花草草也不放過。

少年抿脣時，失去血色的嘴脣才泛起微弱的嫩紅色，吃花後殘留的花汁成了口脂，染上一層媚人豔色，恨不得讓人低頭咬一口，吸吮出鮮血來。

好個標致的絕色美人，超越年齡與性別的束縛。那是恰如天上仙般脫俗無性的美，說他是誤入凡塵的天仙也有人相信。

愛美之心人皆有之，裴越也不免俗，看在臉的份上，他心中浮躁抹去不少。等天仙少年來到跟前，他一把捏住那尖細的下巴，逼他仰視自己。

少年純粹的深黑眼眸裡透不進半點光亮，如像缺了一魄一魂的白瓷娃娃，哪怕現在看著裴越也像是看著眼前，又像穿透他看向遠方。

再美，也是個傻子。

可就是這小傻子，兩個時辰不到就勘破了他的幻陣。

小瞧這小廢物了，說不定他在痴呆之前比練氣期高出不止幾個境界。

裴越以靈息肆無忌憚地入侵小傻子，在他體內翻雲覆雨地攪動，意外地喔了一聲。

這小傻子，是個坤澤。

千年一遇的絕佳爐鼎。

修仙從來講究天賦才能，每個人在呱呱墮地的一刻，已經決定了仙途命運。

上古傳說中，神明天仙可男可女，亦非男非女，是為無性也。然而在修真與俗世裡，性別除男女之外，亦分乾元、中庸和坤澤。

大道無常，若想修道，至少得是乾元者，必須天生靈脈。有靈脈方可生元神，有元神方可修大道，修大道方可結金丹，其後方可渡雷劫，固容顏，得長生。

像劍尊裴越如斯強大的乾元，早年已悟出大道。五百年過去雖得銀白長髮，但外貌依然停留在而立之年，當年一襲月白道袍，手執歸塵，極是豐神俊朗，光風霽月。如今銀髮華光仍似霜雪，一身玄黑錦袍的燭嶺古都尊主戾氣逼人，冷酷狂傲。

而中庸者，不過是尋常凡人。他們無法生出靈脈，吃再多的天材地寶也是白費，正是俗世中壽元短暫的平凡人家。

天下人口多為中庸，其次為乾元，只占當中兩成，所以要是中庸家裡生出乾元，那就是與修真天道結緣，天天燒高香擺流水席也不為過。

除此之外，能入道修行的，還有坤澤。

乾元與坤澤屬性相對，一陽一陰，一明一暗，一白一黑，合為太極乾坤。然而坤澤更少見，千萬乾元裡只出一名，男女皆有，天生純陰之體，多是傾城絕色。

而眼前這小傻子坤澤，已經美得能把整個修真界和俗世傾覆顛倒。

但從沒有人願意生為坤澤，哪怕是渴求修道的中庸也敬而遠之。

因為每一名坤澤都是絕無僅有的上好爐鼎。

想要提升修為或是調養內傷，可以用天材地寶和丹藥陣法輔助，但是遇上境界突破的瓶頸，或是大羅仙丹也不能治療的重傷，就有人妄想用爐鼎採補的法子。

有人說，十年閉關也抵不上一次與坤澤交合，爐鼎從來也是夢寐以求的修道瑰寶。

正因為爐鼎難求，多少修真世家暗地裡想方設法求得坤澤，生不出來就到民間搜刮，關在宗門的禁域裡該怎麼用就怎麼用。

而眼下這個小傻子，光看品相就知道是爐鼎中的無上御品，能直接送到天庭供在仙殿裡。

看來是某個修真世家傾盡千萬年光陰，耗費大量靈石財寶，不惜窺探天機才煉成的坤澤爐鼎。

裴越仍然粗暴地探查小傻子的靈息。

靈脈俱斷，元神虛弱，金丹破碎，只剩下一點小渣子在苟延殘喘。

這小傻子以前至少是金丹期，不知遭了什麼罪，修為盡毀，還成了傻子。

然而奇怪在於，對乾元而言，坤澤爐鼎是拿來操的，沒有修行悟道的必要，甚至會阻止他們境界提升，免得有反抗的能力，乖乖躺好被操就行。

如果坤澤的修為境界不低，可能是宗門有意培養，但這不太可能。或是那坤澤是天縱奇才，被打壓限制下還能突破金丹。

想到兩個時辰不到就被破解的幻陣，想來小傻子是後者。

那又如何？

體內魔息肆虐，裴越又咳出黑血。

但他現在完全不惱，興致盎然地抹過嘴邊黑血，用同一隻手捏住小傻子的臉，沾血的手指點在那嫣紅嘴唇上，抹成薄紫色。

小傻子還是痴痴呆呆不為所動，卻在裴越觸碰他時伸出舌尖，舔在那染血的指頭上。

裴越眼底深邃，指頭塞進那溫熱溼潤的嘴裡，小傻子下意識吸吮起來，舔去殘留的苦腥血味，不喜歡那味道所以眉頭微微一滯。

手指被含入時嘴角擠出帶有花草靈香的唾液，裴越竟不覺得噁心骯髒。

小傻子是坤澤，是爐鼎，若是想化散魔息，修補靈脈金丹……

就操他。

裴越心情前所未有地好。

當初在突破至大乘境界時，天雷隆隆之際，他聽見天道的話。

——汝本無心，劫數無改。大道無情，天命無為。

老天爺罵他，你這傢伙無心無性，得遭雷劈很多下。不過大道無情並不是絕情的意思，而是對誰也從不偏私，你的天命總有一天會給你送貨上門。

今日能遇到這小傻子，正是天命所歸。

天道來給他送貨了。

小傻子身上的白衣其實是裡衣，從水裡爬上來後單薄的布衫溼透，看見敞開的衣領下潔白顯眼的鎖骨，那精緻的凹處還淌著一小窩池水。鎖骨之下，能看到胸口處粉嫩的乳尖和乳暈，沾著水、凝著光，像灑過甘露後待人採摘的莓果。

裴越瞇起眼，隔著白衣捏他乳尖，小傻子猝然抖軟了腳，小貓般嚶嚀一下，半跌在地上眨眨眼，不懂得為何發出這樣的聲音。

裴越頗為滿意。

幸好不完全是傻子，多少也有些反應，不然操著多無趣。

小傻子的皮膚很薄，一掐就紅，乳尖再撥一下就挺立起來。明明不知道羞恥淫慾為何物，可小傻子的耳珠跟著乳尖透出莓果熟成的豔紅，茫然無措地抓了抓發癢的乳頭，毫無邪念的動作反而讓旁人看出幾分淫慾。

劍尊開口，如劍鳴低沉。

「真蕩。」

坤澤都是天生蕩貨。

眼下一暗，裴越拎住小傻子的後領，拖進主殿寢房。

把他扔到床上時，手心掌風一振，小傻子那溼漉漉的裡衣化為青煙，全身赤裸倒在白綢軟床上，烏髮如潑墨撒開，如果沒有脣上那抹紅，就是一幅昳麗清雅的黑白畫。

坤澤相貌極好，身段也纖瘦誘人。大概是年紀輕輕就辟穀，肌膚雪白緊致，白玉般的肉棒貼在大腿內側，連這兩處的皮膚也很薄，透出軟玉般的淡紅，很是乾淨可愛。

掰開小傻子修長的雙腿，露出桃果般緋紅沾水的會陰，往下再看，是接下來準備承歡的爐鼎後穴。

裴越拔下髮冠上的黑金髮簪，銀華白髮隨之散落，與坤澤的黑髮披散床上。他拿著那簪子，驗貨似地挑開那小小的肉穴。

小傻子瞪圓鳳眸，看他拿東西戳弄自己下身的隱密之處，懵懵懂懂不知道發生什麼事，但被裴越那半冷的簪尖摁在後穴時會不由自主地扭腰，茫然地想要躲開。

裴越掐住他的腰，扯野貓後腿般把小傻子拉回來，又戳弄好幾下穴口，頗為意外。

這歲數的爐鼎，穴口早該被操成縱線狀，可這小傻子的後穴還是緊致的點狀，泛起淺淺的薄紅色。

與其說溫養得很好，不如說他還是個未被使用過的雛兒。

這坤澤爐鼎是新品。

裴越更加滿意。

還未破身的爐鼎體內純陰之氣最盛，第一次交合更是對修行裨益大增。但也有麻煩的地方，就是得給他的肉穴弄軟呼了才能用。

才不是憐憫這小坤澤怕硬來會弄傷他，而是修真者雖屏棄大多俗世情慾，但乾元者的慾根大多沉甸粗長，裴越更是純陽之體，褻褲裡那東西很有分量，硬操進去難受的反而是他。

不願意用自己的手去碰小傻子的肉穴，裴越揚手一勾，帶起一股凜凜劍風。寢室所有門窗被嘩地推開，滿園春色頃刻湧入室內，飄舞了層層窗紗，繚亂了緲緲薰香。遠望出去，後院栽有仙樹，天池養有紫蓮，屋裡屋外融合成一幅色彩曼妙的水墨畫。

紫蓮是靈花，長勢比尋常水蓮還要碩大，蓮蓬裡的蓮子足有核桃大小。裴越隔空召來靈蓮，空氣中彷彿有一隻看不見的手，先是摳出蓮蓬裡沾有露漿的十幾顆蓮子，再扯開坤澤緊致的嫩穴，把蓮子逐顆推進去。

坤澤是拿來交合承歡，被侵犯時肉穴會自動變得溼潤，流出淫液，以適應異物侵進。小傻子被髮簪戳弄時已經開始出水，扯開穴口能看到裡頭的粉嫩穴肉，緊縮著擠出清透的淫水。現在被塞入數顆碩大的蓮子，有如在裝滿瓊漿的杯子裡灌入冰塊，噴發著溢出不少散發微香的清液。

是梅香。

裴越眉角挑起，扯住小傻子後腦勺的頭髮拉到身前，聞他後頸的味道。

這小傻子的時信，是紅梅。

乾元和坤澤的後頸長有腺體，是體內靈脈生成的根源，也是產生時信氣味的部位。每個修士的時信都不一樣，也只有乾元坤澤之間才聞到。

在他們動情時，會從腺體乃至全身散發出獨特香氣，這是如同動物想要交尾、勾引他人的信號，要是丟著不管會進一步誘發情熱，陷入發情的「春露期」。

修真者修道必然清心寡慾，但時信卻讓他們陷入著魔的情慾執念中，如此自相矛盾，正是天道對修真者的心境考驗。

小傻子的後頸滾燙發紅，散發時信的梅花幽香，後穴水液流溢，身體也像墮入暖池一樣泛起好看的緋紅色澤。

就是想被操了。

坤澤確實是天生蕩貨。神智不全的小傻子眼睜睜看著裴越肆意擺弄自己，輕易被簪子弄得屁股出水。剛開始時他還能徒勞無功地掙扎，可被裴越不留情面地塞入蓮子後，小傻子早就被弄軟了腰，不知所措地咿咿呀呀，被蓮子碾到腸壁某處凸出時，又貓聲尖叫起來，輾轉成讓人下腹一緊的色氣低吟。

裴越的褻褲真的緊了幾分。

時信是毒藥，令人發情上癮的迷藥。特別是坤澤的時信對乾元而言幾乎是毀滅性的，簡單能剖挖出修真者冷置多時的情慾邪念。

梅花香裡也滲入一股淡淡的，微不可聞的，血的味道。

與正道尊主的形象不符，裴越的時信是血的鐵鏽味。

他被這弄兩下就屁股出水的蕩貨勾引了，此時腺體發熱，誘動時信，肉棒也撐住褻褲，隨時可以從光風霽月的劍尊返祖成受淫慾本能驅動的野獸。

但他仍然不緊不慢地，繼續把落在床上溼漉漉的蓮子填進小傻子體內，塞到第八顆時肉穴已經吞不下，有半顆還裹著果衣的嫩綠蓮子被撐開的穴口緊緊吸吮，顫抖著快要被小穴吐出來。

裴越可不讓小傻子稱心，這回不用簪子，直接用指頭用力一摁，硬是把那半顆露出的蓮子摁進坤澤可憐又窄小的腸穴裡，摁得最深時還被穴眼含住半截拇指。那一含又暖又溼，聽見了水聲，看到了慾色，聞來了梅香，裴越竟不覺得噁心，反而生起一抹後悔的念頭：以後還是直接用手給他擴張算了。

小傻子實在吞不下那麼多碩大的蓮子，裴越的指頭剛離開，那被撐得嫩紅沒有皺褶的肉穴一縮一張，沒有多少肉的屁股跟著亂顫，最後穴嘴一鬆吐出兩顆蓮子，滾落在兩人腿間。果實比含進去時又裹上一層水光，散發梅與蓮的清香。

這下子裴越不滿了，但念在這爐鼎從沒被人碰過，所以放他一馬不把吐出來的蓮子塞回去。他拿簪子插進又軟又熱的小穴內，攪動杯子裡的冰塊那樣搗弄了幾圈，幾顆果實在裡頭翻滾，錯落無序地碾在穴壁的敏感處，逼出更多淫水，滿出穴口順著屁股尖打溼身下床單。

小傻子哪受過這樣的折磨？他嗚咽著，淚眼氤氳地抬頭看著身下，看著自己的肉棒勃起挺立，鈴眼流出白白黏黏的腺液，吐在肚皮上牽出了絲。

他還是無法理解，自己正遭受著什麼。

第二章　赤血

小傻子難受地身體亂扭，裴越置之不理，把人摁在床上繼續玩弄他的淫穴。

也不指望小傻子能自己把蓮子排出來，最後裴越用髮簪將之勾出。

清空腸道裡的異物，因擴張後泛起嫩紅和水色的肉穴又緊閉起來，但裡面已經被蓮子好好撐開。

裴越從玄黑錦袍下掏出慾根，紫紅的肉棒勃起後粗長上翹，柱身筋脈凸起，布滿溫熱的薄汗水氣，一看就是能直接操到肚子，把人操死在床上的凶器。

把小傻子翻過來趴在床上，勃發的肉棒貼在臀縫上前後磨蹭，用坤澤氾濫的淫水塗滿柱身。然後扶住龜頭，對準那吐水的穴口猛地一摁，比蓮子更大的凶器前端粗暴地刺入緊致腔穴，強迫窄細的小口吞下了龜頭。

身下爐鼎張著嘴巴叫不出聲，瞪大無神的眼睛，淚水斷珠似地滴落在床上，朵朵水花染上床單。兩腿間的肉棒淅淅瀝瀝流著水，夾著腿顫顫巍巍，好不可憐。

但換不來劍尊的同情，裴越另一隻手箝制住想要爬走的小傻子，摁住他往自己的肉刃上頂，裴越只顧著自己爽，硬是又插入大半柱身。

清幽的梅香入侵他的本能神經，讓裴越體內一陣陣地發熱，匯聚到下腹腿間，肉棒又硬挺了幾分。

他好久沒流過汗了，晶瑩的水光流過額角凸起的青筋，滑過冷俊的臉，從下巴落下，滴在小傻子泛紅的尾椎骨上。

「該死。」

裴越暗罵一句。

就算擴張過後還是該死地緊，銷魂地緊。

爐鼎裡面很熱很多水，像沒入溫泉中，肉壁絞纏著他的粗大堅挺，吸吮著，緊縮著，貪婪地想要盡根吞沒——就算小傻子表現得痛苦失神，但他的身體絕不會騙人，爐鼎就該被操，坤澤就愛被操，吸得那麼緊就是最好證明。

而且，小傻子很快能體會到交合的快感。

裴越猛地挺腰，肉刃又進去大半，慾根還差半指節就能完全插入。不過這是坤澤目前的極限，不好再進去。小傻子癱軟在床上，吐著舌頭哈氣，淚水口水糊了滿臉，沾溼在床單上，一副已經被操了百十回的失神模樣。

這才剛開始呢。

裴越在小傻子體內抽插起來，由緩至急，由輕至重。小傻子跟水做的沒兩樣，插入時擠出潺潺清液，淫了他的大腿和劍尊的衣襬。抽出時又扯出滿手淫水，淋漓了床單，像是失禁似的。

裴越聽著小傻子無力的喘息哭叫，身下挺動得更深更用力。他仍然衣冠楚楚，只掏出胯下肉棒，還被衣袍擋住，與小傻子赤身露體的狼狽相比，他體面又傲慢地主導這場歡愛，只有他在狂歡，只有他獲得性愛。

肉刃強橫地抽送，貫穿未經人事的爐穴，直入小傻子的腸穴深處。如此粗暴的侵犯下，穴口沒有撕裂流血，反而泛起熟成後迅速淫靡的嫣紅色，就算肉褶被撐得極開極薄還是下意識緊緊咬住滾燙的肉棒，接受乾元越發肆無忌憚的瘋狂打樁。

乾元的體力極好，這一打樁直到天色轉暗，屋內燈盞自動點亮，裴越才發狠地一撞，肉棒完全送進坤澤軟爛嫣紅的肉穴裡，龜頭插進結腸盡頭拐彎處，抵著騷心，大股大股地用力灌精。

被騎在身下的小傻子抽抽噎噎哭泣半天，也咿咿呀呀呻吟半天，此時體內被射入大量精元，燙得他渾身顫抖，擺腰扭臀也無法發洩在體內併發的快感與痛苦。腸壁痙攣著絞緊乾元的肉棒，明明想要把噴精的凶器擠出去，卻變相成用淫穴榨取精液。

待裴越灌完最後一股濃精，小傻子已經放棄掙扎，或者是把他僅有的神智給操沒了，趴在床上吐著舌頭哼哼唧唧。在裴越拔出肉棒時，多得過火的白濁從脊得合不上嘴的小穴裡湧出，噴在裴越的袍褲上，黑布白液甚是淫靡顯眼。其他精水順著大腿內側流到床上，跟溼了一床的淫水混在一起。

裴越吁了口濁氣，這才發現因為交合後體內魔息平靜幾許。

他一時忘了，自己是為了什麼才操這爐鼎。

體內魔息被擁有奇效的純陰之體安撫，但空氣裡血與梅的氣息在翻騰，在升溫，似是藥爐裡快要燒開的水。

裴越已經操著魔了。

把小傻子翻回來仰躺床上，沒有軟下來的肉棒包著白漿，掰開坤澤發軟發顫的雙腿，又肏進那張著小嘴的泥濘肉穴裡。

已經被肏開的肉壁輕易地吞下依然粗長的肉棒，被碾開肉褶，壓在每一處敏感點，痙攣幾下後又是緊纏吸吮。

乾元的肉刃直接捅到極深處，撐開結腸，在小傻子又白又薄的小肚子凸起裴越的形狀。裴越故意在他體內大動，肚皮跟著凸起曖昧的形狀，操得小傻子哭喘著亂踢腳。

裴越得到前所未有的莫大滿足，他狠狠捏一把小傻子胸前的茱萸，薄皮小傻子嗷地哭出來，被捏的乳尖再次紅腫挺立，豔色蔓延到乳暈。

不止是乳頭，小傻子的腰、背、屁股都被掐出一道又一道泛紅指印，層層疊疊像是抹上紅泥，又像被掌摑出來的。

裴越神思剛起，已經一掌打在小傻子的屁股上，啪的一聲清脆響亮，還帶著含糊的水聲，是被操得太狠，連屁股尖也沾了精水淫液，這下子還留下一個清晰的五指紅印。

像是小孩失禁弄髒身體，被大人處罰似的。

裴越一邊把小傻子操得一顛一顛，沒來由地想起這畫面。

想要操得更深，裴越撈起小傻子的雙腿壓到他的肩頭，把整個人對疊起來，小傻子的身子柔軟得不像話，膝蓋都能碰到耳邊床單。

裴越每次操插時都退到穴口，又狠狠地插至最深，抽送打樁得很快，還掰開小傻子的臀瓣，把操開苞的淫穴完全暴露出來。這下子每次肏幹時碩大的精囊狠狠拍打在小傻子的屁股上，那薄嫩的屁股肉一片通紅，黏糊著精液淫水，與裴越的下腹拉開了絲。

正想把小傻子的腿壓得更開，眼角卻瞥見一朵梅花綻放。

他側目一看，小傻子的右腳腳踝處竟顯現出緋紅色的梅花紋，像是燙傷後留下的疤痕，小小的零星幾朵，有往小腿盛開的趨勢，與滿室梅花清香互相輝映。

裴越意興盎然地摸著那幾朵梅花，嫩肉隱約凸起的手感很好把玩。

他哂笑：「養你的人雅致真高。」

竟在他身上繡小花，情動時才顯現。是個噁心的癖好。

不過現在全成了裴越的東西。

血腥壓過梅香，裴越又灌了一大波精液，射到最後時拔出來，餘精噴在坤澤月光般皎潔的身體上，以淫靡渲染。

小傻子也射了，肉棒可憐地顫抖著，有一下沒一下吐出稀薄的精水，他可能已經射了很多次，但裴越從無在意。乾元與坤澤的白濁層疊一起，落在鼓脹的小肚子，灑在莓紅的乳尖，點綴在吐出舌頭的水紅嘴唇上，坤澤下意識地、更不知死活地把唇上的精水舔進嘴裡，又是激起乾元的性慾本能。

一兩場酣暢淋漓的性愛絕不可能消耗乾元的精力。

裴越拉著小傻子的腳踝，把人扯到自己身下，囊蛋緊貼在他的會陰，肉柱順著溼漉漉的臀縫磨蹭，龜頭再次壓進軟爛泥濘的小穴裡，開始新一輪單方面的凌虐征戰。

實在熱了，裴越扯開錦袍領口，撕下上身衣裳，腰帶還繫在腰間，除了扯下一截褻褲掏出肉棒外，他下半身衣袍幾乎完整。

若說小傻子的身體像天池蓮藕般清秀潤白，那裴越有如玄鐵利劍般精煉結實。外貌約有三十歲的劍尊身量挺拔，肩寬腰窄，脫去上半身後露出肌肉緊實的胸膛和腰腹，因為連場性事，身上蒙有薄薄一層熱汗。在操弄時，銀華白髮沾在背上，如銀河垂下的無數天絲。

怕是連他自己也大為意外，竟然如此沉淪於爐鼎的身體，他劍眉眉心輕蹙，星目流轉紅光，薄脣輕抿似笑未笑，冷俊的面容更顯無情。

屋裡梅香與血腥越發濃郁，春風怎麼吹也吹不散，恰似以赤血與紅梅釀成了酒，醉人，纏人，更熬人。

裴越按著小傻子做了很多次，從入夜做至天明，又從白天進入下一輪黑夜，幾乎要把小傻子的腰折斷操斷，隨心所欲之下胡亂地幹。此時問鼎天下的劍尊既像心性殘酷的小孩，又像本能失控的野獸，一心只想操死這小傻子，哪怕把人操得遍體鱗傷。

可憐的小傻子已經不懂得哭，連指尖也累得顫抖，呆愣愣地躺在床上任由操幹。他已經被灌了很多很多精液，肚子漲得懷孕似的，胸口和腰下全是掐痕，幾天下來已經由紅轉青。

但身上沒有半道吻痕。

拿手去碰他淫穴、沾上精水已然是裴越大度。讓他操爐鼎可以，用嘴吻廢物就是笑話。

直到小傻子反應微弱，裴越才大發慈悲放過他。

劍尊換過身上玄衣，挽起髮冠，打算趁著此時體內陰陽調和，去天池靈臺入定調息。

隨意回頭一看，小傻子半個身子從床榻倒垂地上，被汗水和其他液體打溼的墨髮如川流披散。他像從冰湖裡撈起的魚一樣張大嘴巴，胸口起伏，幾近窒息般難以呼吸。

裴越心情大好，用手扯了扯小傻子吐出來的舌頭，聞著他沁人心脾的梅香時信，笑道：「緩不過來了？」

小傻子晃了晃，抬起眼，無光的眼眸好像真在看向眼前可惡又可恨的男人。

「看來你的宗門沒調教過你怎麼被操，也罷。」

既然已是他的東西，自然由裴越親手調教。

把小傻子的滴著口水的舌頭塞回嘴裡，身為正道尊主的男人眼底卻湧現暗光，如邪魔低語。

「本尊會操你，直到把你操壞為止。」

◆　◆　◆

在裴越住進洞府的十天後，段若才收到尊主的靈信紙鶴。

他趕緊備好尊主在信上吩咐的東西，花個幾天御劍飛行，從夏南燭嶺古都跨越大半個九州來到吟北的萬月霜嶺。

吟北修真大會的騷動以星火燎原之勢迅速傳遍九州，尊主和燭嶺古都備受世間各種嚴厲指責，說什麼他們殺人放火無惡不作，這全都是狗屁！還不是那些以傾天闕為首的所謂正門道派，長著張嘴就胡亂誣陷，讓他們燭嶺上下蒙受不白之冤。

雖然早知道修真界就是一潭濁水，但段若依然忿恨難當。只不過做為宗門內第二把手，他不得不坐鎮在燭嶺古都裡，負責各種善後工作，一邊焦心地等待尊主傳信一邊忙得不可開交。

不過聽到尊主盛怒之下三劍劈爛小半個吟北，段若與有榮焉同時滿肚子悔恨，恨他當時不在現場，無法欣賞他們尊主的威武英姿。

然而段若心裡嘀咕著奇怪。

尊主花了大半個月來到萬月霜嶺，想必是被那群卑鄙小人重傷了，按尊主討厭麻煩的性子以及不能自理的生活技能，理應在進入洞府後第一時間通知段若，就算不讓他來打點侍候，也得取些丹藥寶器療傷吧？

為什麼尊主在洞府裡待上十天，才喊他過來？

當段若來到洞府後，他懂了。

尊主厭寒，所以即使幾十處洞府氣候各異，也沒有一處是陰冷刺骨的冬天。萬月霜嶺的洞府也不例外，甚至恆年春暖花開，將紅牆青瓦的奢華院落添上幾分大氣和暖意，可見之處種滿靈花靈草，綠意盎然如臨仙境。

段若剛踏入前院，修真者過人的靈識馬上察覺到，空氣中一股熟悉的時信與另一股陌生的香氣交融。

是血與梅的味道。

段若認出前者是尊主的時信，以前聞過好幾次，通常是尊主煩躁了、生氣了才會發出。

而時信蓋不過的，是一股曖昧淫靡的氣味。

段若不敢確定：這腥騷味，是精元？

氣味徘徊在仙柳附近，段若見不著半個人影，只看見好十幾株柳條打著結，綁成搖椅的模樣，上面沾著……確實是精元！

段若大為震驚，難不成是尊主的!?跟誰!?

他四下尋找，很快在不遠處的草叢裡翻到一枚陌生的身影。

俊美如畫的少年墨髮披肩，凝白赤裸的身體只披著一條輕紗布簾，想是從某扇窗櫺扯來的。輕紗薄得跟沒有一樣，清楚看見少年身上沾有星星點點的精斑，身下布滿紅印和瘀青，屁股和腳踝上是熟眼的指印，可見尊主抓他時力度之大。

而少年臀縫間的隱密之處，正緩緩溢出白濁潮水。

仙柳下的淫慾氣息尚未散去，看來尊主才剛剛跟這小妖孽翻雲覆雨。

而這被操完屁股的不知何方妖孽沾上一身腥騷也不懂得去清理，此時蹲在草堆裡……拔靈花吃？

段若不知這少年深淺，但能入尊主眼裡，想來定非凡物。他試探著喊了幾聲，可少年毫無反應，專心地拔花花吃，等段若謹慎地走近才抬起頭來。

段若無法從喑啞瞳光裡看見自己的倒影，登時一愣：是個痴傻的。

不是妖孽，是個傻子。段若放心了，直接兩指點在少年眉心，探查他體內靈息。

金丹破碎，靈脈斷裂，就是一廢人。

但是！段若喜不自勝：這傻子是坤澤，是爐鼎！

如此不可多得的純陰之體，竟然出現在純陽之體的尊主面前，可謂是天命所歸！

所以這十幾天時間裡，尊主都在拿爐鼎洗滌體內魔息。

段若替尊主感到高興，使用一次爐鼎可比他帶來的靈丹妙藥有用千百倍，日後將之圈養，適時交合，別說化散魔息，突破渡劫境界也指日可待！

丟下小傻子，段若興奮地來到後院，一眼看見在天池石臺入定調息的尊主。

依然英偉不凡，依然氣勢逼人，那是由天道所指、千年難見的天下劍尊，創立燭嶺古都雄據一方的冷傲尊主。

段若安靜地立在天池邊，等候尊主入定完畢，忠心耿耿一等就是六個時辰。

直到不遠處傳來沙沙聲。

那小傻子吃花吃到後院來。

雖說尊主入定後不會受外界干擾，可段若就怕這窸窸窣窣會煩到尊主，正想拎走這不成體統的小傻子時，聽見一道低笑。

原本閉目凝神的裴越已經張開眼，嘴角噙著微不可見的淺笑，竟是震懾魂魄的魅人。

段若跟著痴呆，他上次見到尊主如此愉悅，是多少年前的事了？

裴越停止調息，輕身躍回天池岸上，看著那吃花吃草的小傻子，再次嗤笑。

「像頭兔子似的。」

說完又換上嫌棄。

「髒死了。」

兩指一彎，傻兔子吃著花花被甩到天池裡，浮浮沉沉泡了幾回，直到吃完一朵水靈靈的紫蓮後才飄回岸上，身上的淫慾汁水一洗而淨。

裴越滿意了，可是眉目輕蹙：體內魔息經過多番壓制後開始頑強抵抗，這是好事，證明這爐鼎的功效十分顯著。

但壞處是，作亂的間隔也變短了，意味著要更頻繁地使用爐鼎。

不過裴越並不討厭操哭這傻兔子。

轉身想把傻兔子扯進屋裡，裴越回頭才發現段若。

「來了？」

相較尊主的冷待，燭嶺古都第二把手永遠熱情如火，手抱太極朗聲道：「恭賀尊主，能得坤澤爐鼎定是天道所賜。相信今後尊主的修為必定突飛猛進，更上一層樓——」

話沒說完，裴越已扯著傻兔子走了，順道頭也沒回扔來一根粗長的黑針。是修真大會上刺進他心臟的黑鐵椿花針。

「自己看著辦。」

段若無怨無悔地再次朗聲：「好的尊主！是的尊主！」

目送裴越和傻兔子走進屋裡，沒多久傳來曖昧的水聲和輕吟。

此時頭頂依然天色大亮，妥妥的白日宣淫。

段若卻是一臉崇敬：尊主現在還重傷未癒，想來是想快點康復，趕緊回去掀了傾天闕的老巢。

嫌世事麻煩的懶散尊主終於奮起啦！

這坤澤爐鼎來得正是時候！

後來，他們又在洞府待了好些天。

是尊主沒有回燭嶺古都的打算。段若聽從一切吩咐，絕口不問，盡職地打點洞府事務，處理尊主發下來的命令。

做為燭嶺古都第二把手，宗門裡外所有大小事務全由他一手包辦，正因如此尊主才可以當個高枕無憂的甩手掌櫃。

如此一來，段若工作能力自然非同凡響，加上是尊主親口要他去辦的事，段若拿著那黑鐵椿花針出去了幾趟，很快就尋出由頭，連帶修真大會騷亂和各方誣害也搞清楚來龍去脈。

段若有一籮筐的事要呈報，但尊主可沒空聽他說外頭的鳥事。

也習慣了，尊主怕麻煩，從不過問宗門和修真界的破事俗事。他大多時間都在九州各地四處遊歷，誰也找不著他，十年來能在燭嶺古都待上三個月已經是紆尊降貴。

就算找得著人，尊主大多時間不是在練劍鍛劍，就是在閉關修行，哪個不長眼的去煩他，下一秒脖子就被削個乾脆俐落。

現在再加上忙著跟傻兔子啪啪。

段若好幾次看見，衣冠楚楚的尊主把赤身露體的傻兔子壓在身下進出，在床榻，在窗臺，在石臺，在樹下，在很多很多地方，旁若無人同時毫無節制可言。

對修士而言，雖然爐鼎罕見，但操弄他跟在藥房煉丹一樣尋常，段若見怪不怪。

等性事結束後，有時尊主會把傻兔子揮進天池裡洗乾淨——對從沒點亮過生活技能的尊主來說，還記得讓人洗一下，可是尊主的一小步、修真界的一大步。

有時也會大發慈悲把傻兔子扔到靈氣充沛的花叢裡，甚至在他打坐入定時，任由傻兔子吃草吃到他腳邊。

段若剛開始時大為意外，尊主獨來獨往，從不喜歡有人近身，不過細想又是釋然。

這傻兔子不會說話，除了做愛時會哼哼唧唧外，其他時間不發出別的聲響，只默默地吃花吃草，就跟真的兔子似的。

也許是這樣，尊主才容許他留在身邊。

幾百年來，總有些腦子進水的修士學了中庸商賈官場的那一套，以介紹道侶的名義給劍尊身邊塞人。劍尊從來不屑一顧，甚至好幾次給惹煩了，把那些別有用心的好事者給削了修為。

這傻兔子跟外頭那些道貌岸然的妖豔賤貨不一樣，即使窩在陰晴不定的尊主身旁，仍能安然無恙。

撇去他被操出一身瘀青。

後來被操多了，在裴越拔屌無情又跑去調息入定後，傻兔子也不用勞煩他，懂得自己跳水裡洗洗。

但是段若十萬個看不慣。他的職責之一是打理尊主身邊的一切大小瑣事，傻兔子做為尊主的所有物，他的身體管理自然歸段若所管，被尊主丟到天池是一回事，自己跳進去成何體統？

他扔出符籙召來兩隻小小的傀儡靈童，包包頭小紅腮，可可愛愛又吭哧吭哧地把被操軟了腰的坤澤搬到浴池洗了又洗。

其實用淨身咒更輕鬆省事，然而一來尊主把人甩水裡來得更順手，完全忘了淨身咒這回事；二來段若認定傻兔子就是髒，用淨身咒也不能放心，得要看著靈童把他摁水裡洗個三遍才行，力求下次尊主使用時乾淨清爽香噴噴，得到最好的享用體驗。

很快一枚眉目如畫的白衣傻兔子，蹲回老地方啃他的小花花。

段若這才遲來地想起這傻兔子身世不明。

幾乎跟尊主猜想的差不多，定是某個底蘊深厚的名族宗門在私底下耗費大量時間精力和金財靈石才得以養成的坤澤。

他本應修為不低，甚至可說是天賦異稟，卻原因不明成了痴呆。換著旁人說不定滿心憐憫，可在段若眼中，卻是覺得傻了正好。

像是這樣的爐鼎，就是他不傻，段若也會把他弄廢，送到尊主腳邊。

傻兔子恰似一張被洗皺了的宣紙，潔白卻破損。

管他是什麼身世，又是什麼人物。

在尊主身下做一張任由蹂躪的白紙就好。

◆ ◆ ◆

體內丹息幾度迴轉，作惡的魔息暫且停竭。

裴越睜開眼，霜白的眼睫毛下是一雙墨裡點藍的眼瞳，冷淡也冷傲。他感受體內漸漸歸位的靈息，估計著再調養個三、五年，那見鬼的魔息便可化散。

歲月之於修真者而言，不過是時間長河裡撈起的一瓢，裴越也不急於一時——傾天闕那群狗混雜種，放著不管也能再活個上千年。

爐鼎的功效超乎他想像，怪不得每個宗門乃至每名修士都趨之若鶩。要是這回沒有撿到坤澤爐鼎的話，這身魔息內傷恐怕不閉關個百十年也磨不去一星半點。

再說若是真著急的話，多用幾次爐鼎就行。

修真者在突破元嬰期後可重塑肉身，這時五感靈識得到飛躍性的提升，可以目視千里、耳聽八方，更甚者還能感知天地萬物。

裴越敏銳了五感靈識，洞府內一切全在他感知中。萬物在滋長，種子在破土，綠葉婆娑搖曳，露水點開漣漪，花草靈氣幽香，輕紗撫過玉簾，地上書頁翻動……

說來可笑，上次路過煉丹房看見那傻兔子蹲在地上，面前攤開一本丹書，一時以為他腦子好了。上前一看，發現他依然眼裡無光，卻是看著書裡藥草咬手手流口水，裴越就知道自己只是一時多心。

這傻兔子，人傻做的事也傻，搞得花時間觀察他的人也覺得自己是個傻子。

但無礙裴越對他勾起興趣。

修道五百年，七情六慾早就跟著心性一起磨滅，歸於寂靜。所以劍尊冷情冷性，也無情無義，對世間萬物不為所動，更不感興致。比起看一眼芸芸眾生，他寧願待在山海之中看雲聽雨。

現在難得撿來一隻不按腦子行事的傻兔子，多少不覺得無聊。

這時前院傳來動靜。

裴越輕身一躍，瞬間來到前院。

花圃草地又禿了一片，大概是傻兔子本身修為體質不錯又啃去不少靈花靈草，所以哪怕被裴越這體力怪物沒日沒夜地操了又操給癱軟了，最後只要泡個熱水澡就能原地復活，快樂啃草。

段若把他打理得不錯，傻兔子一頭墨髮披撒，一身白衣輕揚，整隻小少年白嫩又乾淨地蹲在樹下……流口水。

他兩手捧著咬了一口的玉絮果，果子表皮青綠，果肉也是半黃的，顯然還沒熟透。這傻得可憐的小兔子竟然連皮啃下去，酸得不要不要，吐出舌頭任由口水流下來。

裴越剛走近，傻兔子抬頭看向他，無神的眼眸裡泛起被酸出來的淚花，盈滿眼底要落不落，透明的唾液從吐出來的舌頭尖落下，在膝上白布染成一小圈水漬。

劍尊好像尋到逗弄小牲畜的樂趣，畢竟傻兔子比真兔子有趣多了。

他捏住傻兔子尖尖小小的粉嫩舌頭，說不上溫柔地扯了扯。

「髒死了，又亂吃什麼？」

不期待傻兔子會回答，但他會反射性地，含住捏著他的手指吸吮。

裴越看著傻兔子，看他嘴邊的美人痣，眼底氤氳。

那淚眼氤氳，那含指吸吮，跟被操哭時一個傻樣。

下次讓他含別的東西吧。

裴越毫無良知地低笑一聲，把傻兔子的舌頭塞回嘴裡。

傻兔子咂巴兩下嘴巴，轉身又去吐了，繼續用口水洗掉酸味。之後大半天他都不敢再吃花花吃草草，只吐著舌頭流口水。

這並不讓人覺得骯髒幼稚，美人做什麼都是誘人的，在失神與脆弱時更甚，這很好地激發出凌虐感和征服慾。

哪怕是本性無心的劍尊也不免俗。

傻兔子雖然傻，被操到肚子深處時還會迷茫地摸著凸起的肚皮，奇怪怎麼又有東西填滿裡頭。但是意識裡可能還殘留神智被毀前的清醒，隱約知道張開腿露出私處是件羞恥的事，那殘存的一絲羞恥心讓他更懵懵懂懂不知所措，舉起的兩手不知何處安放。可他又不懂得為何會感到羞恥，更不懂得要藏起身體，任由裴越將他完全赤裸坦露，接受他蠻橫無道的侵犯。

天天被操那麼多回，傻兔子再傻也被操出些許情緒：裴越強硬粗暴時傻兔子會拿手抵住他，在他壯實的手臂胸膛上胡亂抓抓撓撓；裴越故意放輕放慢時傻兔子又會乖乖抱緊他，自己抬腰讓汁水泥濘的穴口把肉棒含得更深，毫不掩飾地縱情交歡。

他無意識間迎合裴越，迎合他的肆無忌憚，讓自己這張懵懂的白紙蹂躪成裴越想要的形狀。

是被操舒服了，食髓知味。

這也適用於裴越身上。

他沒料到慾念寡淡的自己，竟然每天都花了大半時間在傻兔子身上。

一開始單純是使用爐鼎，但現在裴越不否認，是為了操壞這傻兔子。

確實是食髓知味。

第三章　燭嶺

萬月霜嶺恆年飛雪，天際也被厚重的雲霧覆蓋。

穹蒼茫茫間，三道身影御劍而行，穿過雲層，直入霄漢。

尊主向來隨心所欲，他在某天入定完畢後毫無預兆地吐出一句「回去」，下一秒他們就飛在天上。

體內靈息回復不少，裴越可以御劍飛行。不過他的歸塵早就丟了，段若沒能尋回來，他跪在地上力竭聲嘶地罵自己罪該萬死，就差拿劍自刎謝罪。

尊主倒是不上心，丟了名劍就跟丟了筷子似的，神兵利器他劍閣裡多的是，上百把古劍名劍搶著跟他認主，可憐的歸塵就那麼被主人遺忘在吟北的斷崖之中。

向尊主獻上自己的佩劍「虹海」，那劍身映照虹光的長劍興奮得嗡嗡鳴響，差點原地認了新主。如此沒出息段若也深表贊同，換著是他也會跪滑地上求尊主收了他。

從萬納錦囊翻來另一把劍，段若可不能讓尊主當傻兔子的車夫，尊主更不可能會當，段若扯著傻兔子蹲在自己劍上，打算兩人共乘一劍。這麼一整備，抬頭時尊主已經飛遠了，成了天邊一顆小芝麻。

段若趕緊從後追上，跟在尊主身後，從吟北飛往夏南。

裴越心無旁騖在前頭飛，突入雲層沒多久忽然聽見後頭的段若罵了一聲，側目一看，那傻兔子又在幹傻事。

他俯身撲向雲霧，只有腳尖還黏在劍身上，如果沒有段若揪住他的後領，早就摔下九重天。

然後，伸出雙手，撈雲霧來吃。

傻兔子真真切切撈住了發白的雲霧，掬在手心塞在嘴裡，還想咬兩口卻發現雲霧不見了，只有溼巴巴的手心。

他呆然又錯愕，來來回回又撈了好幾遍，每次吃空也無措地左看右看，以為雲霧不小心丟失了，像頭把棉花糖放水裡洗的小浣熊。茫然到最後時看向前頭的裴越，沒有多少表情的俊美容顏柳眉輕皺。

裴越懶得理他，一記嗤笑後收回目光。

「傻白兔子。」

他們最後在洞府待了三個多月，小傻子在裴越心中的地位除了是耐操的坤澤爐鼎外，還從小廢物上升到小畜生。

無改他是頭傻不拉嘰小兔子的事實。

傻兔子還是頭傻金魚，每隔一段時間就忘了教訓，一次又一次撈雲霧吃。

一路吃到燭嶺古都。

◆　◆　◆

在九州夏南之地，曾經有一處千萬年來無人發現的隱世祕境。

直到兩百年前，裴越遊歷試劍時無意中劈開此處入口，無數敬畏他追隨他的隱修和散修聚集於此，在祕境裡立宗門、築殿臺，不到百年便建成一座繁囂城都。

眾人以裴越為尊主，宗門在修真界以迅雷不及掩耳之勢雄據一方。

十年不到，連俗世人也知曉有一宗門強勢崛起。

以尊主為首，門下修士喜愛遊歷四方，門派的行事作風低調卻自由奔放，隱祕但無處不在，時而行俠仗義，時而獨善其身，不受同道和俗世規範。宗門裡沒有其他傳統門派的迂腐規矩和框框條條，反而吸引不少率性而行的年輕修士加入。

那便是燭嶺古都。

夏南為暑熱之地，氣候炎熱，颱風連連，御劍入南海時不可低飛，否則輕易被數十尺高的巨浪撲倒。浪潮拍打在岩壁上濺起豪雨般的浪花，鍥而不捨地一遍遍怒號沖刷。

面朝日升處的黑紅礁岩上，豎立一座宏偉的五間六柱牌樓，樓柱以玄石搭建，柱身烏黑發亮，樓簷鋪滿琉光紅瓦，正中牌匾以劍刻字，鐵劃銀鉤寫上「燭嶺古都」四個大字。

十八頭沉鐵製的開明獸同樣通體玄黑，神姿威武，端坐在牌樓兩旁看守燭嶺古都的入口。

裴越剛御劍而至，開明獸鏘地雙眼澄光，獸口大開，十八道呼嘯撼動天地大海，陣陣回聲不絕於耳。

「恭迎尊主回都！」

牌樓後，原本的海天一色應聲扭曲，化為無盡黑夜。

與身後的炎炎夏日、旭日大海相反，牌樓的另一側是一片廣闊無邊的崇山峻嶺。深入其中後，只見山河之間的天地靈氣純淨充沛，天邊月色明媚，星光璀璨，山中涼風吹送，蟲鳴相伴。

越過層巒疊嶂，一座繁榮壯麗的都城映入眼前。

燭嶺古都占地甚廣，足以跟皇都京城相比。夜色之下滿城燈火，天邊還有天燈懸浮半空，足有萬千盞，天地交映下有如銀河星宿灑落大地。

只因燭嶺古都的天空並無白日，只有短暫的黃昏與綿長的黑夜，天燈浮起時就是白天時分。

如此一來，燭嶺古都便成了燈火不息的永夜城。無數火光由點連成線，形成古都的血管脈絡，貫穿每一條街道巷弄，最後往古都中心的赤紅宮殿匯聚，宛如心臟閃爍跳動。

正是燭嶺古都之主的宮殿，絳歲宮。

開明獸的呼嘯直達祕境，傳遍千里。當裴越御劍到來時，滿城上下早已人頭攢動，眾人沿路佇足相迎。

知道尊主不喜熱鬧，即使上萬修士擠滿大街，四下竟能鴉雀無聲，所有人看向尊主時激動萬分，如仰望天上神明，肅然之下無不血脈沸騰。

實在忍不住心中翻騰起伏的崇敬，女修士們偷偷地朝尊主劍下撒花，能輕輕碰到劍尖就心滿意足。

等裴越飛遠了，眾人才吐一口大氣，依然壓低聲量興奮地討論起來。

「尊主終於回來了，上次回來可是十年前啊！」

「幸好這回我沒有出去遊歷，不然又要錯過了。」

「不是說那群所謂正道修士重傷了尊主嗎，我們尊主現在可好呢，看來是外頭又在信口開河！」

「拿三千修士圍攻尊主一人，到底該說對面無恥，還是我們尊主武威呢？」

「尊主這回劈了修真大會那群迂腐老頭，實在大快人心，只可惜我們不能親眼目睹。」

「吟北那指月臺直接被劈成兩半，尊主不愧是天下第一劍尊！」

「劈得好！那些假模假樣的道門狗混，居然誣陷尊主和我們燭嶺古都是魔修，說話不帶腦子就算了，還不知天高地厚！」

「這回尊主回來，你們說他會親自動手為燭嶺洗脫汙名嗎？」

「尊主不理事務，說不定又是交給段長老處理吧？」

「是說，段長老後面蹲著什麼東西？」

聽見那麼一說，眼裡只裝得下尊主的眾人才猛然看到，段若劍上蹲有一枚陌生人影。

看清那人容貌時，眾人被驚豔得倒抽一口氣——少年俊美無儔，美得傾城絕色，鳳眸低垂時鴉睫如羽毛輕扇，墨髮飛散時髮絲如天仙綴帶，單薄的白衣襯得他膚白勝雪，寬大的玄黑長袍籠罩在他身上，更顯俊秀昳麗。

他們看著傾城少年被段若揪住後領，被風鼓起的兩隻大袖子甩來甩去，想去撈扔過來的花。

花是暖和的橘紅色，花瓣合攏起來像一盞只有掌心大小的燈籠，有些花蕊裡還結成果子，果實透明如玻璃珠子，在黑夜散發淡淡橙光。

這花果叫作「籠搖光」，是獨獨生長在燭嶺古都的仙靈植物。花苞最先呈綻放狀，隨著花期到來花瓣反而慢慢收攏，最後結成晶瑩剔透的果實，並且會亮起微光，就像一盞盞攏在掌心的小巧燈籠。

傾城少年撈花的模樣有點笨拙，又有點可愛，好些人不禁低聲為他打氣，好不容易撈來幾盞籠花時，他們又暗自叫好。

原以為少年歡喜這漂亮的籠花，撈回來只為了把玩，誰知——

他拈著花瓣，一口吃進嘴裡。

眾人錯愕地啊了一聲，想制止也來不及。

少年咬了兩口，渾身定格，呆然吐出舌頭，咬碎的花瓣從嘴裡掉落。

眾人意料之中：果然吐了。

籠搖光的花瓣十分苦澀，別說好不好吃，連狗都不願意聞。

吃果子吧，果子好吃。

有女修士悄聲，聲音太輕傳不進看著痴傻的少年耳裡。但他如有所感，拔掉花蕊處的透明果實，用微微翹起的溼潤嘴唇含住，嘴角那點美人痣讓人移不開眼睛，手指推入果實時又含進半指節，抽出來後雙唇輕觸，像吻上指尖。

很多人聽見了，包括自己在內，喉結上下聳動、口水吞嚥的聲音。

就只是吃個果子罷了，有必要如此秀色可餐，甚至引人遐想嗎？

果實確是好吃，酸酸甜甜的，咬下去時充沛的漿汁在口腔裡噴發。傻兔子顯然喜歡得要緊，雖然還不懂得用表情表現出來，但他像頭小文鳥一樣盯著眾人的花籃，扭著脖子左顧右盼，就知道他饞個不行。

眾人心領神會，扔給尊主的花花全改了風向，準確地往傻兔子懷裡扔去，一路扔到絳歲宮……

裴越回到絳歲宮才想起身後那頭傻兔子，回頭一看，他手裡的籠搖光已經盆滿缽盈，嘴邊還沾上果實的透明漿汁。

沿途眾人都小聲喊他用衣袍兜住，這樣能吃到更多果子，可傻兔子聽不懂，只是傻傻地用手去接，接滿一個丟一個，最後手裡還能撈起七、八個已經很了不起。

這小畜生怎麼又在吃啊，辟穀是辟個寂寞嗎？

裴越挑起半邊眉，傻兔子總有法子找來花花草草填嘴巴。不過想起操他時除了清幽的梅香時信外，他身上還有陣陣花草靈香，摩娑他腳踝的梅花紋時聞到這植物香氣，倒說不上有多討厭。

以為尊主不高興，冷眼旁觀多時的段若兩指一畫，掀起靈風將傻兔子手裡的果子吹落地上。傻兔子嘴巴張開，露出一個疑似晴天霹靂的形狀，盯著地上滾動的果子發呆。

不入眼的東西，可別在尊主面前丟臉。段若拎住傻兔子的後衣領，跟在尊主身後把人領進宮殿。

絳歲宮以紅玉琉璃為瓦，玄青石磚為壁，銀紅臺階楠木欄柵，翠玉竹簾白釉風鈴，殿內處處雕梁畫棟，奢華大氣卻是莊重幽靜，恍如見證千年興盛的帝王殿。

絳歲宮的迎接隊伍跟古都大街同樣聲勢浩大，數以千百計的內門修士佇立殿前，沉默而敬畏地目送天下劍尊、燭嶺尊主回到屬於他的宗門殿堂。

也不露痕跡地打量跟在身後的少年，看清他的容顏後，無不驚豔他的傾城絕色。

這傻兔子之前一直窩在洞府裡鮮少見人，現在來到燭嶺古都才發現他愣著不動也能招蜂引蝶，段若總有種禍水東引的錯覺。

幸好是個傻子，把他關在屋子裡方便尊主隨時使用就行。

段若撇下心頭不滿，進入主殿前把一旁的部下召來，瞥眼傻兔子，示意說：「帶去東廂別院。」

部下正要領命，卻見前頭的尊主聞聲回首，登時被自帶冷傲肅殺之氣的尊主嚇得不敢動彈。

裴越看了眼傻兔子，這傢伙還在扒拉衣袖翻找不存在的果子，又是蠢笨得可以的傻樣。

偏偏是如此的天仙容顏搭上渾身傻氣，反而不會讓他看厭。

「帶去偏殿。」

裴越撇下一句，愣住了眾人。

偏殿指的，是尊主的宮殿——照夜殿的偏殿，四舍五入就是同住一室。

尊主怪癖很多，討厭的事物更多，哪怕十年沒有回來也不容許有人踏入他的照夜殿，所以日常雜事打理都交由傀儡靈童來做。

現在他帶了個小傻子回來不說，還讓他住到照夜殿⁉

他到底是什麼人⁉

所有修士門生都抓心撓肝地好奇，死死盯著那頭被靈童領走的傻兔子，恨不得用符咒看穿他每一縷一寸。

以尊主為首，各門長老跟著魚貫而入，宮殿的大管家兢兢業業地低頭問：「恭迎尊主回宮。尊主的照夜殿一直有在細心打理，如果有其他吩咐，望尊主告予屬下，屬下定必安排妥當。」

這是每次回到絳歲宮時大管家的固定臺詞，年年月月歲歲一字不改，這回尊主還帶人回來，雖然是個傻子，但還沒搞清楚身分之前他可不敢待薄。

裴越正想一如往常地舉手把他打發去，倏地想起什麼。

前些日子還在萬月霜嶺的洞府時，他數次路過煉丹房，瞧見那傻兔子蹲在裡頭，地上攤開一本丹藥書。

第一次路過，傻兔子盯著書裡的胡蘿蔔發呆。

第二次路過，傻兔子的口水打溼了那一頁胡蘿蔔。

第三次路過，傻兔子蹲在窗邊看天，那本丹藥書缺了一頁，破口處溼漉漉的。

想到這，裴越一時興致使然，隨意道：「種一片胡蘿蔔。」

沒想到尊主有所吩咐，更沒想到是如此莫名其妙的吩咐，直把大管家愣出一額冷汗，卻也不敢細問，做就是了，連連點頭找人出去買胡蘿蔔苗。

段若當然知道是種來逗傻兔子的，但還是大為震撼：他們尊主曾幾何時為了別人下過命令？

原以為尊主撿的是爐鼎，沒想到現在當小動物來養了？

只是後來胡蘿蔔種好了，尊主卻發掘出胡蘿蔔的其他妙用，惹得傻兔子好長一段時間不願意去啃去碰。

那時段若才後知後覺：您老把爐鼎拎回來的初衷已經忘了嗎，現在只是為了啪啪為了爽嗎？

果然是禍水東引……

絳歲宮主殿是宗門議事廳，裴越率先走進去，長老和護法確定過眼神，是尊主不再嫌麻煩，願意處理修真大會和被外界誣陷這些破事兒。

段若精神為之一振，甚至大逆不道地想：您跟傻兔子啪天啪地啪了那麼久，終於肯進入主題做正事啦……

主殿議事廳恢宏寬敞，薄雲石砌成的地板如明鏡止水一塵不染，金絲楠木椅雕刻白澤麒麟，落地玉簾上鑲金掛銀，挑高三層的天花板施以空間幻陣，把整片夜空構築於房瓦之下，星宿靈氣純粹清淨，如雲霧徐徐而下。

抬頭，明月當空，星火璀璨。

眼前，琉璃燭臺，燈火通明。

這片絢燦光景已經看了兩百年，再美也看膩味，可在場幾十名長老無不心神振奮，他們已經半百年沒有仰望御座上的燭嶺古都尊主。

上一次看到還是魔尊入侵九州，禍亂修真俗世兩界。各大宗門世家召集人馬糾糾地打過去，反被壓在地上瘋狂摩擦，過程落花流水，結果狼狽不堪。

在魔修妄圖侵占燭嶺古都之際，雲遊在外的尊主及時歸來，率領燭嶺修士把那群濫殺無辜的嗜血魔修一一斬殺，一路碾壓到魔界邊境。最後由尊主親自出手，把魔尊摁回魔界地上瘋狂摩擦，再扔個大陣禁止他踏入九州半步。

那一戰之酣暢，尊主之神威，眾人回想至今依然血脈沸騰，對尊主更是推崇備至。

而今天，眾長老終於等到長年不務正業的尊主歸位。

裴越輕抬霜睫，段若看懂這個示意，頷首開口。

「尊主此次回都，是因為近年來燭嶺受盡外界多番誣陷。本門從來清者自清，無須與他人作無謂爭辯。然而宗門世家把諸多殺人奪丹等罪行推在我們頭上，更詆毀我們改修魔道，不少門下修士因此遭到襲擊。此事若不解決，我們日後遊歷將會面臨不必要的麻煩，甚至可能招致殺身之禍。」

此事得從一年前說起。

最先出事的，是一名無極門的武修。

他在外歷練時突然橫死，死狀慘烈，還被剖挖金丹。

人是死在萬妖窟，那裡每年都有不少年輕修士因為一時不察，被洞窟內的妖獸獵殺。原以為那武修的死只是意外，然而同類情況在九州各地接二連三出現，短短數月已有十二名修士無端慘死，同樣被剖走金丹。

眾人赫然想起，這可是魔修的修行之法！

可是在五十年前的與魔大戰中，魔修被燭嶺古都幾近殺絕，苟活的都窩在魔界，輕易不敢靠近九州。

又不知誰人說起，那些修士死去之前，都有燭嶺古都的修士在附近出沒。

剛開始不過是捕風捉影的傳言，然而被剖金丹的修士越來越多，死者中更有當地小有名氣的宗門門生時，謠言越演越烈。

有人直言，燭嶺古都棄正道，修魔道。

燭嶺古都可是實打實的道修宗門，走的是正派修行之道。但因為宗門僅僅兩百年就雄據一方，加上行事作風倨傲不羈，與嚴律保守的正道門派迴然不同，所以招來眼紅同時也遭受排擠，在修真界並無交好。

此時謠言四起，燭嶺古都懶得理會，自然也沒有宗門世家幫忙說話。

「那些自詡正道的狗混想把我們誣衊成魔修！」

堂下一名長老怒不可遏，一石激起千重浪。

「不僅誣陷我們改修魔道，還詆毀尊主其實是天生魔修，只是隱藏極好才瞞天過海至今。哈，簡直一派胡言！」

「還說百年前跟傾天闕鬧翻其實是被掌門老狗發現魔修身分，尊主才惱羞成怒斬雲山，焚劍閣，奪仙器，一走了之。哼，簡直胡說八道！」

「更說尊主背叛師門，其身不正，他馭下的燭嶺古都是披著正道假皮的邪門歪道。操，簡直狗屁不通！」

「我們燭嶺向來大度，閒事不問俗事不理，但我們不計較不等於能欺壓到我們頭上來！」

原本宗門世家、俗世凡人也將信將疑，但傳言就是傳開了，甚囂塵上。

適逢修真大會，傾天闕連同各大宗門世家，為之前修士剖丹被殺之事，找來劍尊裴越當面對質。

劍尊在此戰暴露魔修身分，再次惱羞成怒，殘殺大量修士，劈裂半個吟北，絕塵而去……

以上，全他媽一派胡言，顛倒是非黑白，儼然指鹿為馬！

有腦子的都看出這些屁話謠言不經推敲，偏偏整個修真界集體腦進水，就差舉牌子喊口號罵他們是正道之恥，魔道之光。

謊言再假，百人、千人、萬人說上百遍、千遍、萬遍，便會成真。

堂下長老越說越氣憤，他們雖貴為長老，但大多不過修行三、四百年，心性外貌都是年輕氣盛之時，現在被欺侮到頭上來，實在無法平心靜氣。

眾人七嘴八舌，義憤填膺，吵得不可開交。

御座上的裴越一直閉目養神，左手扶額，右手指尖規律地輕敲扶手，對堂下憤慨置若罔聞。

輕敲此時停下，堂下頃刻肅靜。

尊主睜開眼，淡然道。

「燭嶺古都沒做過的事，天道神明也扣不得在本尊頭上。」

議事廳內寂靜延長，原本怒火中燒的數十名長老全數啞然，胸腔裡的火卻越燒越旺，可燒的不是憤怒，而是激昂！

眾長老心裡流淚吶喊：尊主威武！尊主帥慘了！現在叫他們把三千宗門世家揍一遍都沒問題！

「廢話少說。」

能聽到這裡已經是最大的忍耐，裴越壓下心中躁動，漫不經心地說：「此事不過是陰謀，只為將燭嶺拉下臺。」

事件的根源，是修士剖丹遇害之事。

既然不是燭嶺古都所為，那麼人是誰殺的？又為何被殺？

有長老一早探查清楚。

「第一個死去的無極門武修確是萬妖窟所為，但並不是意外。」

無極門是九州宛東一個頗有名氣的武修宗門，良好地體現出「不是一家人不進一家門」這話，全門上下人人性子粗豪暴烈，可心臟又玻璃得很，聽不得半句難聽話，常常一言不合就跟人提刀鬥法。

而那被殺的武修是門內一個築基弟子，根骨普通，修為一般，就算拿丹藥靈寶修煉，也如泥牛入海，卡在瓶頸期死活不能結丹。

無極門不是什麼大戶人家，所有天材地寶、靈石寶器最先分給天賦異稟的內門師兄；能力平凡的弟子只能分到些邊邊角角，得靠自己出外遊歷尋找機緣。

現在靈物丹藥吃了還不見效，修為卡死在瓶頸怎麼推也不動一下，那武修年紀輕輕都急得謝頂了。

不知從哪裡聽說，魔道寶器只要煉取當中法則，扭化為道氣，對提升修為可是有奇效啊。

所以那武修對邪道之物起了歪念，偷偷四處打探，最後還真從俗世中赫赫有名的地下商市——冥象樓掏來一個魔器大禮包。

他本著狗急跳牆試試看的心態，豈料這魔器確實有奇效！而且只花二十塊靈石就有交易，薛翻啦薛翻啦！

武修一試成主顧，大禮包買了一個又一個，修為見鬼地突飛猛進，很快突破境界進入金丹期，甚至連跨兩個小境界。

無極門卻看出當中詭異，抓他來一探靈脈，他的金丹竟是沉灰一片。

以魔器修煉結丹，出來的豈會是純正的道修金丹？

用魔器練氣可修為大增，不全是謊言，也並非真話。

連武修自己都不知道，他已經半隻腳墜入魔道。

正派道門弟子竟以魔器修道——要是傳出去，無極門的名聲可是要跟著化灰啊。

無極門氣壞了，一時之間不知拿這弟子如何是好：為一個入魔的人洗心換髓、化散魔息，可得費多少天材地寶，找多少個大能來大陣護法啊？

這武修只是區區一介金丹修士，而且還是用魔器逼出來的，資質平平難成大器，就算留在宗門內關禁閉，也怕有敗露的一天。

無極門暴烈也決絕，將武修斷靈脈、削修為，落得中庸根骨後扔到萬妖窟，連自生自滅的機會也不留他。

如此一來，妖獸將之噬骨啖肉，挖去金丹，還真打造成一場意外。

然而事情遠遠沒有結束。

告訴武修能魔器修道的，是另一宗門的劍修；給他引路冥象樓的，又是一名無門無派的散修；給他煉取魔器的，竟是某個名門世家的陣修……

此事跟拔花生沒兩樣，一扯一大串，零零落落竟有幾十人與魔器修道扯上關係，他們或苦於修行無果而入手魔器，或見利忘義打算從中牟取暴利。

這些人全都是道門之恥！

他們全被揪出來，有宗門的自家處理，沒宗門的由知情門派追捕。跟無極門的武修一樣，這些人資質低下，不值得耗費珍貴的靈物資源為他們退魔。

那也跟無極門一樣，私下解決罷。

可不是所有人都能毫無反抗被綁到危地，丟入獸口乖乖送死。無奈之下，追捕者抓到人後，大多只能就地處決。

同道同門自相殘殺，可不比以魔器修道好聽，他們得想個辦法為宗門撇清關係。

有誰提議說：推到燭嶺古都頭上吧。

燭嶺古都行事不正、作風不良，還樹敵不少，常有人說他們就是半個魔道，在九州各地做過不少光怪陸離的混事。

把謠言散播出去吧，就說燭嶺古都本性暴露，他們濫殺無辜，殺人剖丹，用以修行，修的不再是正道，而是魔道！

無極門武修之死不過是契機，但後面發生的事就是有人刻意帶風向。

一為隱瞞宗門弟子魔器修道的真相，以保宗門名聲；二為合理化幾十修士的死，好能獨善其身；三為大舉肅清道門的旗幟，說不定能把燭嶺古都這異類推翻。

所以尊主才說，這是陰謀，把燭嶺古都拉下臺的陰謀。

燭嶺眾長老不怒反笑。

「看，看看！這就是現今的道門正派！」

「弟子以魔修道，師輩同門相殺，最後誣陷到同道頭上，只因為看我們燭嶺不順眼？」

「到底誰才是正？誰才是魔！」

幾十名長老的滔滔怒火快要把頭上夜空燒成焦黃，暴起的乾元靈壓把窗簾吹得翻飛震顫，廊下蓮盆清水被震得如暴雨飛濺。

空氣裡幾十道時信翻滾一團，那味道酸爽又下頭，跟渡了場小天劫差不多。

修真大能靈識敏銳，一聞就能記一輩子。裴越可不想拿來餘生回味，在氣味撲過來之前，帶有微微血腥氣的靈壓驟然落下，硬生生震懾住所有人的心神。

裴越心頭掠過一絲浮躁：難不成全天下的宗門會議都一個樣嗎？不是吵就是鬧，一言不合就發飆，乾元靈壓不要錢地灑，時信不要命地噴。

修真大會如是，傾天闕如是，燭嶺古都也如是。

修真道門就是鳥事多，要不是最後麻煩到的還是他，他才不想管。

尊主漠然道：「雖然死的都是不入流的庸材，但對道門而言終究事態嚴重，若背後無人撐腰，可不是幾個小門小派能成。」

燭嶺古都有劍尊在，還敢往死裡潑髒水，到底是誰給他們的勇氣？

「魔道已除，天下太平，可正道仍存。」

裴越嗤之以鼻：「宗門世家尋的是下一個除魔衛道的對象。」

話說至此，眾長老恍然大悟。

九州為修真大陸，用以修道的天地靈氣在千萬年來的消耗下，已經越來越稀薄。然而修真者壽元久遠，入道者只增不減，各種修道資源逐漸貧乏。

現在靈氣寶物尚且充足，但終有見底的一天。粗略估算，恐怕不到兩千年，整片九州大陸將被消耗殆盡，變成一塊尋常的普通大地。

所以兩百年前燭嶺古都顯世，無數修士對這靈氣充沛、材寶無數的祕境口水直流。

特別是在五十年前與魔大戰後，三千宗門世家傷亡慘重，資源也被消耗不少，恨不得把燭嶺古都圈到自家地界。

傾天闕帶頭聲討多年，就差堵在人家門口舉牌示威，要求燭嶺古都對外分享祕境資源，這可是正道門派的義務！

然後全被裴越打臉拒絕。

但是，如果燭嶺古都並非正道呢？

那麼獨占的祕境理應歸還，回到修真界手上。

天下太平之時，發生修士剖丹遇害之事，燭嶺古都行事不正、作風不良，還有魔修謠言推波助瀾，恐怕不少宗門世家已經知道當中真相，但依然假裝不見、不聞、不言，把假象坐實成真相。

他們需要祕境，需要資源，填補現在乃至未來的短缺。

所以燭嶺古都，就是他們要除的魔，所衛的道。

哪怕這魔是捏造出來的也無所謂，燭嶺古都並不具有正道之風，除掉這邪門外道，能濟天下修真者萬萬人，杜絕魔器修道之歪風。

這才是修真界當今的正道。

「可笑。」裴越嗤笑，目光冷厲。

「既然是來自全天下的誣陷，那何必理會所謂的名聲？尋出主事者，讓他們嘗嘗剖金丹、墜魔道、名譽掃地的滋味。」

陷害燭嶺者，散播流言者，覬覦祕境者，全都死不足惜。

何謂正道？

裴越沉聲如刃，戾氣冷銳。

「本尊即是正道。」

第四章　含白

尊主正正經經開了一場吵吵鬧鬧的宗門會議。

以段若為首，眾長老戰意高昂地湧出主殿，譁然四散，各自各執行尊主下達的任務。

任務核心是：我家老大就是神，搞死那幫雞掰人！

裝逼二字不存在劍尊的字典裡，強大如他從來都是實話實說，所以幾百年過去他每次說完話後都不懂門下修士在興奮什麼，也不打算懂。

會議結束，長老們爽了，只有尊主越開越暴躁。

呔，以後最好別有破事兒發生，他要出去玩個一百年才回來！

體內魔息有抬頭的跡象，裴越回自己的照夜殿，打算嗑個丹藥，開個大陣，入定調息。

殿前有一處雅致庭園，裴越來到時看見其中一片藥草花圃已經被清空，翻弄過的溼土裡冒出一束又一束嫩芽，看來胡蘿蔔苗已經種下。

對了，他讓傻兔子住進來了。

操他一回再入定吧。

裴越不負天道給他無心無性的評價，把人連操三個月，轉頭開個會就給忘了，這時記起來，又想著去吃他個乾淨。

那傻兔子哪去了？

靈識探尋，裴越來到照夜殿後的庭園。

那裡有大片花田，全是秋夜裡盛開得最為絢麗的花。在某個不起眼的牆角下，傻兔子蹲作一團，摘下籠搖光的果實，一個個填進嘴裡。

果然在吃。裴越毫不意外。

籠搖光是藤蔓類植物，綠油油爬了一整面圍牆，成千上萬的花果垂掛綠葉間，微微橙光溫暖宜人。

微光照進少年無神的墨色眼眸裡，為他添上一絲靈氣，原本俊美的容顏越發昳麗。

在神智不全之前，少年該是什麼性子模樣？可能恣意張揚，可能清冷高傲，可能活潑爽朗，可能可能，有無數的可能。

但沒必要猜想，在裴越的概念裡，牲畜不配擁有個性。

只要聽話就行。

「傻兔子。」

裴越沒有走進花田，遠遠一記傳音，冷泉般沒有溫度的低啞聲音顫了傻兔子的肩頭。

他抬頭四看，瞧見花田邊的裴越後，搖搖晃晃站起來，又搖搖晃晃走過去。

傻兔子也不全傻，朝夕相對久了，多少聽得懂裴越的話，簡單的指令也能磕磕碰碰地做到。

裴越姑且滿意，下一秒挑起眉頭。

傻兔子走到一半，就被及腰的秋花吸引，停下來盯著流口水。

裴越失笑，聲音裡的冷泉卻冷了幾分：「過來。」

肩頭又是一顫，傻兔子恍然抬頭，大概是小動物的危機感察覺到劍尊其實不帶笑意。他丟下眼前的花，亦步亦趨來到裴越跟前。

傻兔子的外表尚未及冠，身高只到裴越下巴，單薄的身板在石燈映照下，被裴越挺拔的身影完全籠罩。

裴越垂眸，看到他手裡還兜著幾顆籠搖光果子，一時好奇，拈起一顆。

他早在十歲練氣期辟穀後再無食慾和飢餓感，除丹藥靈物外再沒吃過任何東西，更別說以滿足口腹之慾為目的。

可每次見到傻兔子——好吧，先撇開操他的時間，他不是在吃花吃草，就是在吃花吃草的路上，之前還吃過書紙，也不是給餓了，就只是想吃。

大概是僅有的本能吧。

裴越無法理解。

修真者入道後與俗世斷絕前緣，歷盡千百年光陰，七情六慾因道心而淡薄。裴越天生寡情，難以為任何慾望動容，區區食慾可比浮雲更輕。

但遇見傻兔子後，情慾倒是飽滿高漲起來。

誰不喜歡做令人快活的事？

尤其是食髓知味過後。

輕輕一捏，指尖的透明果子破了皮，汁水流出，順著裴越的手滴落地上。

就是這隻手，探入傻兔子體內時曲起指節，突起的指骨摳著摁著敏感腸壁上每一個騷點，插出溫熱潮水。

裴越心思惡劣，沉聲說：「張開嘴。」

無須低聲誘惑，更用不著命令，傻兔子愣愣地張開嘴巴，下一秒被塞進果子，和兩根粗暴的手指。

嘴裡的果實被胡亂壓破，汁水橫流嗆進喉嚨，無所適從的舌頭想把圓滾滾的小東西擠到頰邊咀嚼，又想把肆虐的手指推出去，反把唾液和汁水全舔在插入的指尖上，再從嘴角流到下巴，淌溼了胸口白衣。

裴越少有地起了玩心，又拈來果實塞進傻兔子嘴裡捏碎，扯弄他薄嫩溼熱的小舌頭，最後逼他連著汁水吞下果子。

傻兔子給嗆得可以，連手裡僅存的果子也顧不了，摀住嘴巴咳著哭出來，淚水在鳳眸裡打轉，水光氤氳如池中碎月。

裴越眼瞳一震，有什麼在體內炙熱而起。

看，情慾上來了，就是如此輕易地被挑動。

連裴越自己也感到意外，但沒必要去深究。正如食慾是傻兔子僅有的慾求，情慾可能是他在五百年後死灰復燃的慾望。

有慾即有情，情是他的機緣，他的天劫。

若是勘破，便能悟道，突破大乘境界。

所以才說，這傻兔子是天道給他的機緣。

指尖撫在少年唇邊那顆沾染水光的美人痣，裴越眼底暗光流現，似笑非笑絕對不懷好意。

「本尊可是說過，讓你含別的東西。」

傻兔子還在咳出滿手心的汁水，忽地被推了一把，傻愣愣地跌坐花田裡。

神智不全下，一片花瓣足以勾去他的注意力，傻兔子臉頰被木芙蓉撓了一把，他就忘了咳嗽，呆呆地張開嘴巴想咬下那朵淡紅的花。

脣尖剛擦過花瓣，就被裴越托著下巴掰回腦袋，抵在他自己的下腹處。

裴越撩起紋有暗浪的黑袍下襬，從褻褲裡掏出還未勃起已經頗有分量的肉棒，一手扶著龜頭不由分說地貼在傻兔子溼潤的薄脣上，另一隻手的拇指強橫鑽進他嘴裡，逼得傻兔子翹起雙脣，像是吮吻在他龜頭上。

裴越摁了摁扶著肉棒的手，難得放輕語氣，聲線聽著上升些許溫度。

「來，含含看。」

劍尊身上有淨身咒的陣法，連下身粗長的紫紅慾根也極是乾淨。可傻兔子不喜歡，看他眉心輕皺就知道他不想聽話。

「乖一點，就不會太難受。」

裴越幾百年攢下來的耐性全用在這裡，但也只是嘴上假裝諄諄善誘，用手捏住傻兔子的鼻子，等他呼吸不過來張大嘴巴時，把他腦袋一摁，逼他含了進去。

傻兔子反射性想退後，被裴越牢牢按住後腦勺，一點點吃進更深。

「收起牙齒，不准咬。」

捏了捏他的後頸肉警告一番，裴越下腹繃緊，發出嘆喟。

傻兔子的口腔很小，半根肉棒進去已經抵在舌根，又熱又溼的窄小口穴被迫緊緊包覆龜頭和柱身，只得舌尖像條金魚尾巴無措地亂動，很快把裴越舔硬。

肉棒硬挺了一圈，把傻兔子嘴裡撐得更緊，有什麼水液滲進喉頭，流向食道。

是嘴裡龜頭馬眼吐出的腺液，味道腥澀，難吃又難受。傻兔子皺起眉頭，又是明顯的不喜歡。

他推著舌頭想要把肉棒吐出來，卻只能做出吸吮舔弄的動作，反而像賣力地取悅裴越。

確實被取悅了，裴越低笑幾聲，下身往後一退，肉棒抽出大半。

傻兔子喉頭嗽了一聲，傻得可以地以為不用再含弄硬硬熱熱又不好吃的柱狀物時，下一秒腦袋被摁，眼前的人一挺腰，肉棒重重插回嘴裡，甚至插得更深。

「嗚——」

傻兔子給插得叫出來，又被肉棒堵回喉嚨裡，化作一道含糊的嗚咽。沒等傻兔子哭完，裴越固定住他的腦袋，挺動下身直往傻兔子喉頭抽送，沒能完全進去的肉棒越發粗挺，每隔幾下就能拍打在傻兔子下巴上的囊蛋聚滿精元。

口腔深處被強硬侵犯，逐漸往更深處脅入，幾乎要碾入喉結。可傻兔子已經受不住，僵硬的身體止不住的顫抖，扯住裴越褲子的雙手指節發白，手背青筋凸起，潰不成聲地哽咽哭泣。

之前被嗆哭的眼淚又回來了，喉頭被龜頭頂進時，他難受得閉緊眼睛，淚水碎落在鴉睫上，像玻璃破碎，又很快匯聚一起，如珠串斷落，打溼在腳下花草。

裴越抹過少年流過臉頰的眼淚，像是抹過滿月下葉尖上的露水，一切也是多麼惹人憐愛。可他心底越發興奮，血的時信蔓延散開，侵犯了四周花香，把色情旖旎推向淫靡虐慾。

有些人越美麗可憐，越會被肆意侵犯。

更有些人看見對方脆弱悽慘，就越想對其施虐。

花田上，他們恰巧湊在一起。

裴越用指尖抹著傻兔子的臉頰，朝他輕噓，多少有些安撫的意味。

這已是他幾百年來最溫和的舉動，但身下卻不含糊地抽送。吞嚥不下的口水和腺液髒了他的手，但裴越毫不在意，恣意欣賞身下少年鼻尖酸紅、眼角泛淚，仍然滿面茫然無措的樣子。

可憐，也可笑。

好吧，還有一點可愛。

再抽送半晌，裴越猛地一挺，肉棒深入喉嚨，快要抵在喉結位置，然後精關一鬆，炙熱濃精噴灌而出，直接灌進食道。

傻兔子無法理解發生什麼，只知道自己肚子被灌了很多很多濃稠腥澀的水，被灌滿的感覺奇怪又難受。他無法表現出複雜的情緒，只能又怕又急地抽抽噎噎。

傻兔子一害怕，喉嚨又收緊幾分，把龜頭擠壓得很是舒服。裴越再抽送幾下才拔出肉棒，尚未疲軟的慾根裹上一層沾上白濁的水光。

灌不下去的精水從傻兔子嘴角流出來，他眉心輕鎖，貓兒反芻般胸口起伏幾下，扭頭嘩地吐出濁精，豆大的淚水啪噠啪噠跟著落下。

裴越睇起眼，靜靜看著傻兔子又哭又吐，竟沒有半分嫌棄。等他吐夠了，把人拖進花田更深處。

「下次再全部含進去。」

說完又把人推倒，撕開他身上衣袍，掰開他的腿，露出已經溼潤流水的後穴。

傻兔子身上早有微微梅香，哪怕口交讓他難受嘔吐，但無改他的時信為此梅香暗送，早已情動的事實。

坤澤泛水的肉穴輕易能進入，乾元把他壓在花田裡，花草和漿果被碾碎在身下，卻不及交合處汁水泥濘。水色濺落在一朵未毀的花裡，精元淫汁如露珠凝聚在花瓣上，被情難自制的傻兔子無意間碰到，濁水流入花蕊。

風裡混雜了血液和紅梅的時信，以及精水淫液的腥騷，快把滿園花香壓下。

傻兔子攀住裴越的手臂，哼哼唧唧地呻吟哭泣，右腳腳踝又開出了梅花，連場酣暢的性愛後，豔紅的花已經爬上膝蓋彎。

此時又一點一點地，往身上，往心臟，慢慢綻放。

不出意外，尊主又拉著傻兔子沒日沒夜地啪啪了。

段若再次確定。

是禍水東引。

好不容易讓尊主回來主持大局，以為在絳葳宮裡能多見他幾面，沒想到依然窩在照夜殿裡神龍見首不見尾。

幸好段若是少數得到許可後可以進入照夜殿的人。

然而曾經的無上光榮，在今天他有一絲不要得的後悔：能進來也不一定是好事。

◆　◆　◆

他希望下次，不，是以後每一次也能來對時機。

因為他不小心撞見尊主是如何發掘胡蘿蔔的妙用。

胡蘿蔔種在前院一處不起眼的小藥圃裡，被花團錦簇、假山流水圍擁，意外地融入在山明水秀中。前段日子種下的胡蘿蔔苗已經長大，多虧靈童每天一回的施肥，撒的還是靈藥草用的肥料，所以胡蘿蔔長得特別水靈靈，要是再養下去，說不定能覓得機緣成了精。

段若來到時，尊主和傻兔子正好在前院。

照夜殿前院有青湖，後院有花田。青湖中心築起一座赤紅涼亭，裴越安坐其中，一本《玄陣經》卷在手裡，天燈掛滿半邊夜空，把涼亭湖心照成白晝，把裴越的白髮映出天絲銀光。

站在遠處的段若還在一臉景仰地看著尊主，忽然聽見一道殺風景的「咔咔」聲。

扭頭一看，傻兔子蹲在小藥田裡，拿著個洗乾淨的胡蘿蔔，咔咔咔地啃。

段若……

他有點頭痛，明明都搞得懂狀況，又被生生搞不懂：怎麼又在吃啊？……是說胡蘿蔔誰洗的？

這時涼亭裡有人說話，聲音冷然。

「傻兔子，給本尊拔一根。」

聲音不大，但都聽見了，段若一個猛虎落地式震撼：尊主什麼時候吃過這些俗物？而且真要吃，外頭有數之不盡的山珍海味，為什麼要吃一陣草腥味的蔬菜？

傻兔子被喊時總是慣性一愣，兩秒後才曉得動作。他從地裡拔出一根新鮮的胡蘿蔔，拖著腳到湖邊洗乾淨——原來是他自己洗的!?然後雙手捧在跟前給裴越送過去。

這些日子裡裴越老是抓著傻兔子教他怎麼用嘴巴弄，欺負得過火了，搞得忘性大的傻兔子也學會吸取教訓，現在一看到他就落跑。

不過傻兔子很好騙，隨便編個由頭就會自己送上門。

以為裴越讓他洗乾淨胡蘿蔔是尊主自己想吃，誰知反被塞到他嘴裡，傻兔子呆愣幾秒，就著裴越的手咔咔吃起來。

連吃東西的模樣也像兔子，面無表情地小口小口啃個飛快，可是只啃了幾口就被抽掉嘴裡食物。裴越拿胡蘿蔔當釣兔子的餌，玩心惡劣地誘導他跪坐地上，然後一個重心不穩往前跌倒。

正好趴在裴越的兩腿間，傻兔子呆愣愣地看著剛剛給他餵食的人扔了胡蘿蔔，極其自然地拉開玄黑袍服，掏出昨天才被迫在嘴裡含過的東西，登時僵直身子，轉身想要爬走。

自然被裴越拉回來。

「在怕什麼呢，嗯？髒？難受？」

傻兔子皺眉，縮起脖子就是不想，被裴越捏住下巴尖扯回來，挖乾淨嘴裡的胡蘿蔔渣，又是要他用嘴巴弄。

在乾元與坤澤的時信飄過來前，段若原路退出照夜殿。以尊主的靈識，他早就發現段若來了，卻是旁若無人繼續亂搞傻兔子，尊主還是一如既往地唯我獨尊、狂放不羈、霸道大氣、尊主就是帥就是棒……

他一切以尊主為首，尊主以前待傻兔子是爐鼎，那傻兔子就是等同死物的一道靈藥，操他不過是服藥的動作罷了，段若以前不小心撞見時也能毫無波瀾。

可現在尊主視傻兔子是頭消遣取樂的活物，性質就有了變化。

段若也說不清楚。但尊主把傻兔子摁著玩時，他從尊主臉上看到以前從未見過的神情：或垂目嘆喟，或舔唇勾笑。當初大戰魔尊時也不喘一口氣、不流一滴汗的尊主卻在情事中呼吸變重、額有汗光，眼底醞釀著越發深濃的情慾。

那模樣以俗世中庸的說法，就是……充滿男性魅力的危險和性感？

段若好幾次看得自己的時信也跟著蠢蠢欲動，體內慢慢騰起一股燥熱。

他相信，要是放著不管會促成心魔，阻礙境界修行。

段若自認自己遠不如尊主強大，無法做到時信外洩仍然游刃有如。

所以以後這些場面還是躲著吧。

等段若隔兩個時辰再來時，傻兔子從涼亭裡跑出來，從沒見過他如此動如脫兔。他鼓著腮，奔向池邊嘩地吐出來，吐出濁白濃稠的漿液。

這兔子不像以前那樣傻了，甚至有點講規矩，沒有直接吐在地上，而是找個地方再吐，吐完還會自己洗嘴巴。仔細回想，這傢伙好像越來越愛乾淨，沒傻之前怕是有嚴重潔癖。

生。

尊主還在涼亭裡，如果不是手裡還拋玩著胡蘿蔔，差點以為剛剛的淫行從未發生。

段若趁現在衝過去報告。

修真界對燭嶺古都的聲討越演越烈，如果不是祕境入口有開明獸大陣守護，他們肯定直接攻打進來，左手義正詞嚴右手搶光掠盡。

大部分遊歷在外的門下修士也召集回來，但有個別人員不小心被俘，好在段若和其他長老已經派人去營救。

而最初設計陷害尊主的人，也有點眉目。

「用黑鐵椿花針襲擊尊主的是名元嬰散修，針也是在冥象樓買回來的。」

裴越看向湖邊那小白點，指尖敲打青石桌，悠悠問道：「背後誰人指使？」

區區元嬰散修也敢用魔器刺殺天下劍尊，就算用黑玄鐵在膽子上裹一圈，恐怕也不敢如此放肆。

除非有誰威逼利誘，從後指使。

段若臉上擺出罪該萬死四字，自責地說：「他被殺死了。」

殺人滅口不意外。裴越隨意問：「屠蠱呢？」

屠蠱是燭嶺的女長老，是個鬼修，讓她把死去的散修召魂審問再適合不過。

可段若更是自責：「屠長老已經試過，但那散修死時元神被毀，魂飛魄散。」

元神是修真者的命脈，就算肉身被毀，只要元神仍在，或可奪舍重生，也可用天材地寶重煉肉身。

然而元神一散，就連大羅神仙、天道逆行也救不了。

殺那散修的人毀他元神，直接免除後患。

「做得可徹底。」裴越冷哼，也不意外。

修真界早在數百年前就變了質，表面上正氣凜然求同存異，其實私底下各門各派可幹過不少陰險奸狡之事。若正道是參天大樹，那裡頭的樹根和樹幹早就腐爛敗壞。

「再查。」裴越漠然下令，又是一問：「上官錦有什麼話要說？」

上官錦正是冥象樓的老闆，黑鐵椿花針和魔器大禮包就是出自他家，現在給燭嶺古都添亂子，自然脫不了關係。

段若從懷裡拿出一封靈隼送來的玉製請柬，用的天下最名貴的天泉玉，上面鑲滿琉璃白晶砌成的花，刻下字後再以金墨漆上，就是張金貴浮誇的請柬。

「上官老闆恭請尊主到宛東冥象樓做客，他們三個月後有一場拍賣會，說是特意為尊主留了不少三界寶物。」

裴越看也不看那玉箇，不慍不火的平靜反而更令人心寒。

「不敢自己上門嗎？」

「還是由屬下直接把他逮回來？」

「再說。」尊主不置可否，「先把天罡地煞陣弄好。」

段若的報告告一段落，出來時傻兔子還在湖邊漱口和乾嘔，好不容易弄乾淨自己後，懨懨地縮在靈草地上軟成一坨。

踏出照夜殿前，又聽見尊主把傻兔子喚回涼亭，口吻嫌棄得很。

「再含一次就放了你。」

……不愧是尊主，性致和精力都是大乘境界級別。

片刻沒有動靜，很快聽見衣料摩娑聲，以及舔弄吸吮的水聲。

「怎麼這麼多回都沒長進，罷了，繼續。」

回應的是斷續可憐的嗚咽。

段若走遠了，什麼也聽不見，只想著一件事。

聽說兔子禁不起折騰，很容易被弄死啊……

◆　◆　◆

尊主也不是全天候窩在照夜殿裡。

修真界有意攻占燭嶺古都，只是早前被尊主劈沒了不少修士菁英，不得不偃旗息鼓，養精蓄銳。

此時只是隱而不發，等之後恢復元氣，再尋個更名正言順的罪名後，就會大舉進攻。

燭嶺古都自然不會坐以待斃，在尊主指示下，不少備戰和防禦工作如火如荼地進行，有些還得裴越親自主導。

天罡地煞陣就是其一。

三十六天罡，七十二地煞，合共一百零八顆星宿，以星盤排列置於燭嶺大地之上。每一顆星宿也請來一頭化神境界的靈獸駐守，如有擅闖者入侵，靈獸當即現身對其阻撓甚至撲殺，形成可攻可守、固若金湯的護法大陣。

此陣法是千年前一名合體期大能所創，需要二十四名陣修在陣眼同時煉陣。其陣法出了名的複雜，沒有幾百年修為也難以參透，燭嶺古都齊集宗門內的陣修佼佼者，然而眾人悟性不同，煉出來的大陣無法調和歸一，試了好幾次仍以失敗告終。

陣法煉了三個月，裴越就站在大陣外監督了三個月，面上呼嘯著六月飛霜的不耐，搞得連連失敗的陣修們噤若寒蟬，壓力山大，還越做越錯。

要是再失敗，尊主說不定直接把他們扔出燭嶺古都，跟開明獸一起守門口。

裴越無法參與煉陣，他所悟的道法更為深遠，境界比旁人高出幾階，若是入了陣眼，肯定如漩渦般把其他人的道法靈力捲去，更難調和歸一。

唯一的解決方法，是在不降低陣法威力的前提下，精簡大陣的繪製方法。

這話說得容易，可是陣修們絞盡腦汁也不得其法：要不陣法畫簡單一點，但威力會減弱；要不索性放棄，因為他們畫不來。

但尊主就在你們身後，他看起來很生氣，還敢說不行嗎？

無法成形的陣法靈力聚了又散，尊主的臉色也沉了又沉，陣修們已經打包好萬納錦囊，準備和開明獸作伴。

這時傻兔子冒出來。

他被尊主領回來已有數月，眾人還不知道他的身分。

照夜殿是燭嶺古都的禁地之一，尊主和傻兔子只進不出，其他人又不得而入，只好糾纏僅有的知情人。

段若坦蕩蕩地說，沒有尊主允許，他死也不會說。

也不是尊主不允許，而是他忘了交代。

但傻兔子是難能可貴的坤澤爐鼎，段若相信燭嶺上下沒有人敢覬覦尊主的所有物，不過要是走漏風聲傳了出去，怕不是又掀起新一場腥風血雨。

修真界可眼紅他們的祕境資源，要是知道還藏了一枚爐鼎，還不瘋魔了？

到時候肯定鬧得更厲害，尊主討厭麻煩，可不能給他添堵。

所以只要段若不說，就沒有人知道傻兔子的身分，把你們的好奇悶死在肚子裡吧。

然而段若千算萬算，就是算不到計畫趕不上變化。

眾人焦頭爛額之際，猛然發現，其中一處陣眼蹲著衣袍雪白的少年。

「哎喲！這不是尊主帶回來的人嗎？怎麼出了照夜殿？」

「我去！他在吃陣眼裡的百靈果！」

「媽呀！他還亂畫畫毀了大陣！」

現場登時雞飛狗跳，哀鴻遍野。等裴越和段若走過來時，二十四個陣修看著被畫亂的大陣差點吐血身亡，而那肇事兔茫然無辜地繼續啃果子。

如果他不是尊主帶回來的，如果他不是好看得慘絕人寰，傻兔子早就被綁在天燈上放飛到月宮去！

裴越沒什麼想說的：都吃到外頭來，不知道花田又禿了多少。

段若想說的不只一句：照夜殿的陣法失靈了？他怎麼出來的？怎麼又在吃!?

「且慢。」躺在陣眼上淚流不止的陣修長老忽然看出端倪，連忙爬起來把傻兔子畫過的地方反覆細看，驚嘆道：「還能這樣改啊？……」

長老看向神智不全的少年，滿目的不敢置信，扭頭朝尊主訥訥道：「他畫出來了。」

精煉陣法而不減威力的方法。雖然只有一處，但方向是對的。其他陣修聽了，半數大驚失色，半數將信將疑，圍觀傻兔子畫過的陣眼，看過後全然醍醐灌頂。

「看這小道友的修為，恐怕不過百歲吧，天縱奇才啊……」
「天道追著他賞飯吃呢……」
「慢著，他不是丹修嗎？尊主的魔息入體是他治療的吧？」
「難不成他丹陣雙修？」
最為吃驚的莫過於段若，認識這傻兔子已經半年有餘，平日裡都是痴呆傻氣的模樣，卻沒想到他通曉陣法奧義，破了照夜殿的陣法不說，現在還能精煉大陣，直接把燭嶺古都最拔尖的陣修甩出幾百條街。
裴越看著傻兔子神色不顯。
他倒是想起，當初是這傻兔子只花兩個時辰不到，就破了萬月霜嶺洞府的幻陣。
確是天縱奇才，即使傻了，其功底心法依然根深柢固。
他是哪個宗門世家的弟子？
裴越首次好奇傻兔子的身分。
這時傻兔子已經溜到另一處陣法撿百靈果吃，右手甩著一根蘆葦，金褐色的花穗前端沾上墨汁和朱砂。
看來是原本在照夜殿好好地玩墨汁，隨後被大陣聚散不斷的靈力吸引而來。此時他用蘆葦沾上新的朱砂，又對地上的陣法塗塗改改。

他筆法凌亂，但一氣呵成，率性大氣，每一下筆也蘊含道法自然之氣，圍觀的陣修們無不嘖嘖稱奇。

「如此一筆到底也沒有靈力不支，他的靈息底蘊可不淺啊。」

「小道友到底師承何派，我還是第一次看到這種精煉法，今日一見確是大開眼界。」

「如此天賦，如此容貌，說不定幾百年後會是傳奇名修，可惜啊……」那人壓低聲量，指了指腦袋。

有人同樣惋惜，「小道友神智不全定有原因，說不定能治好呢。」

段若聽皺了眉頭：這不好，傻兔子只能是傻兔子，為尊主所用就好。

他暗自向尊主徵求許可：要把傻兔子踹回照夜殿嗎？

裴越的目光從沒有在傻兔子身上移開。

他早已知道傻兔子的陣修天賦，只是當時不以為意。現在有人眾星拱月地稱讚他，彷彿他們才是第一個發現良石美玉的人，裴越心裡略有不悅。

他冷冷道：「他是誰，你們用不著管。」

眾人連忙噤聲，但又禁不住細品。

——尊主不爽了。

——是我的錯覺嗎？好像有股宣示主權的味道？

——因為我們誇他厲害？

——還誇他好看？

陣修們心有靈犀：小道友是尊主的，不能說還不能誇，尊主會不高興。

靈識感知到這群雞掰郎在想些有的沒的垃圾話，裴越嗤笑道：「給你們三個月也沒能煉成大陣，傻兔子只花三盞茶時間就破解了，看來本尊的陣修連頭兔子都不如。」

陣修們胸口被插了一刀，痛得吐血，但又無法反駁：確實他們二十四個加起來也不如人家的草草幾筆。

裴越補刀：「罷了，留在這吧，讓他玩玩。」

陣修們再被插一刀，二度吐血。

他們嘔心瀝血做出來的大陣，尊主隨手就扔給小道友當玩具了。人家還玩得特別溜，這一玩，就玩了三天三夜。

二十四處陣法被傻兔子悉數精煉修改，不如之前複雜艱澀，但大陣威力絲毫不減。雖有潦草含糊之處，但給予陣修們日臻完善的空間，現在按著傻兔子的版本重新煉陣，說不定這回能啟動大陣。

陣修們一抹三天前的挫敗頹喪，一邊感激兔子大人——他們可不敢跟著尊主喊傻兔子，一邊鬥志昂揚重畫陣法。

第五章 琴畫

找到精煉大陣的方法，那之後就是陣修們閉著眼也能完成的事。

他們對兔子大人感恩戴德，恨不得再跪拜個三天三夜。如果沒有他誤打誤撞的闖入，陣修們可能不用跟開明獸一起守門，因為尊主會直接把他們送到南海中心填海。

裴越總算在耐性耗盡前離開天罡地煞陣的祭臺，他瞥了傻兔子一眼，回神後為之一怔：他剛剛居然在想，要不要由他把傻兔子拎回去。

罷了，不過是頭兔子。

裴越拂袖，索性自己一個瞬移回照夜殿。

段若也想跟著瞬移，但身後掛著一枚兔子拖油瓶。

他拎住傻兔子的後領一路拖回去，杜絕他被路邊花花拐走的可能性。

段若心有滔天不滿。基本上每個宗門都是「不是一家人不進一家門」，燭嶺古都也不例外，宗門上下除了尊主和自己外，全都是百分百純正雞掰郎。按照他們令人不敢恭維的吃瓜習性，不到半天連守在外面的開明獸都知道這傻兔子的存在。

等下再挖幾個陣修過去，加固照夜殿的陣法吧……不過可能對傻兔子沒用。

沒想到傻兔子有如此卓越的陣法才能，馬上從一隻只會吃花花草草的傻兔子，進化成只會吃花花草草還充滿未知數的傻兔子，變得四處亂跑不好控制。

今天被全燭嶺知道這傢伙的存在，實在失算！

段若睨了一眼身後的人，目光危險地警告。

「傻子就得有傻樣，認清自己的身分，你不過是尊主的爐鼎，沒有尊主你早就死在雪山中，別做僭越的無謂事情。」

呔，跟傻子說那麼多作甚。

段若只覺得可笑，不過是頭傻兔子，他還管不好嗎？

他很快想出一連串對策。

回頭去找煉器長老，鍛造一串銀絲鏈，只有尊主能打開那種，以後就把傻兔子鎖在照夜殿裡。

最好直接鎖在寢房床頭，哪裡都不能去，方便尊主使用。

對了，得向尊主進言，盡快完全標記傻兔子。

乾元的標記是刻入元神深處，永世不可磨滅。而坤澤認主後將會成為專屬一人的爐鼎，就算被別的乾元搶了也無法採補。

傻兔子是尊主的東西，哪怕有天尊主膩味了把他丟掉，也不能便宜別人。

就這麼辦吧。

總之絕不能再讓傻兔子踏出照夜殿半步，一輩子留在尊主腳邊。

只是段若沒想到打臉來得如此之快。

「冥象樓拍賣會什麼時候開始？」

段若前腳送傻兔子回照夜殿，後腳就被尊主喊進殿裡，劈頭就是這麼一句。

冷不防提起這事，幸好段若反應飛快，點頭說：「回尊主，將在三天後舉行。」

「跟上官錦說，本尊會去。」

「可是還有幾位長老的陣法結界，和丹爐煉器需要尊主過目。」

「自然以燭嶺為優先。」

段若了然。

意思是跟上官錦說：尊主一天不到，你的拍賣會都不能開始。

啊，不愧是我的尊主，英偉不凡，霸氣側漏，獨具天人之姿！

已經習慣段若動不動就跪地拜天、激動落淚，看上去腦子不太好的怪異舉止，裴越熟視無睹，朝後頭發呆的傻兔子勾了勾手指。

「過來。」

又對窗外籠搖光流口水的傻兔子一顫，茫茫然看了裴越幾秒，乖乖走過去。

凝視眼前的白衣少年半晌，才發現他身上沾有墨汙——鎖骨墨花幾處，衣袖墨跡凌亂，白袍下襬也染開淡淡墨色。

拜完天地的段若也看見傻兔子一身髒汙，皺眉嫌棄：不是很愛乾淨嗎，怎麼這回就不講究了？

正想喊來靈童把他丟進浴池裡洗個兩遍，誰知尊主忽然牽起傻兔子的手，仔細端詳起來。

少年長得好看，他的手自然也長得漂亮，纖長十指充滿骨感之美，如凝脂白玉雕成。

是雙適合撫琴、執筆的手。

裴越瞇起眼，玩味地揉弄那溫軟圓潤的手指，這雙比他小一圈的白皙雙手同樣沾上層層斑駁的墨跡，烏黑滲進指縫，洗了好幾遍都洗不乾淨，看來已經留了很長時間。

段若給嚇得呆若木雞，驚疑不定：尊主都是在逗弄他操他時才會碰傻兔子，別的時候幾乎置之不理，現在竟然主動牽他黑烏烏又髒兮兮的兔爪子!?

而且看傻兔子時的目光已經變了。

不再像以前視之如死物或牲畜的眼神看他。

是帶有溫度的興味盎然。

發生什麼事了？剛剛尊主只比他們早半炷香的時間回到照夜殿，怎麼突然對傻兔子的態度起了質的變化？

不，早在傻兔子展示他的陣法才能時，尊主就對他微妙起來。

一股不祥的預感從段若的胸腔內油然而生，他試探問：「尊主是要帶他一起去冥象樓嗎？」

裴越沒有回答，或是說，打從問完冥象樓的事後，段若就被尊主直接忽視，眼裡只容得下傻兔子。

答案顯而易見。

丟下段若，裴越讓傻兔子跟在身後，來到照夜殿的清修室，這是他平時入定的地方。

寂靜無聲的清修室燈火通明，敞亮的空間裡流淌一股微弱的陌生靈氣。

之前剛踏入照夜殿時，裴越瞬間就察覺出來。

他比無法瞬移的傻兔子早一步回來，很快從這片宮殿的廣闊天地間發現，花田禿了更大一片——喔，這是意料中事——感知到這股陌生靈氣。

剛開始他還頗為意外，竟有人可以闖入他的禁地，也竟有人膽敢闖入他的禁地。

但更為意外的是，他循著靈氣來到清修室時，看見了令他驚喜的東西……

此時，裴越把傻兔子領進屋裡。

映入眼前的，是入定打坐的矮榻後一面長十丈、高五丈的寬闊白牆。

本該是白牆。

現在被誰直接塗滿大片墨汁，但不是亂七八糟的塗鴉。

那是一幅畫。

一幅恢宏壯麗的冰川雪山圖。

群山高聳入雲，川河凝結成鏡，漫天霜雪如霧。覆上積雪的冬青樹與山茶花為凍結的天地引入安靜的生機，牆裡世界是如此浩瀚卻又萬物靜謐。

山水畫的筆觸十分隨興，近看時甚至有些粗糙潦草，卻能從那陌生靈氣殘留的壁畫中，感悟一絲道法自然。

尋常人賞畫，看形神看意境，而修真者賞畫，更看能否從中領悟出天地自然中的機緣道法。哪怕只是一撮河邊水草，若是出自畫修大能筆下，亦能助觀畫的修士頓悟道法，提升修為。

捏住傻兔子的後頸，裴越以靈識在他體內掃了一遍，原本斷裂的靈脈竟然在自我修復。最初見面時不過是練氣期，現在已經飆升到築基後期，快要重新結丹。

劍尊從坤澤爐鼎的採補中化散魔息，傻兔子也從大乘修士的雙修中修補靈脈。

看來這饞嘴的傻兔子愛吃的可不止花草果實。

裴越捏貓崽子似地捏住傻兔子的後頸肉，饒有興味地問：「你畫的？」

像是印證裴越的想法，傻兔子抖了抖脖子逃出裴越的魔爪，逕自撲上矮榻，之前畫畫的蘆葦被段若丟了，索性抹了滿手擺在榻上的墨汁，徒手畫在白壁上。

隨著黑漆漆的兔爪子在牆壁一筆筆地落下，墨跡上的清凜靈氣如霧如雨，瀰漫在冰川之上，雪山之中，又是新一番道法頓悟。

劍尊孤僻乖戾，對世事萬物無心無性。除了劍以外，只有聽琴觀畫等風雅之事能入他眼裡。

傻兔子的畫很是潦草，也很是靈性。

裴越很是喜歡。

矮榻上的人甩手，墨汁在地上濺開半圈墨花，昭示畫作告一段落。

畫中靈氣化為寒意，道法凝成冷霜。綿延不絕的冰川雪山前，容顏昳麗的少年一頭墨髮一身雪衣，頃刻間天地只剩黑白二色。

唯獨他脣上一抹薄紅，在純粹的黑白之中異常豔麗，彷彿是世上最後一道色彩。

「你倒能三番五次地給本尊驚喜。」

裴越上前，捧住少年的臉，撫上那一抹嫣紅。

傻兔子被迫抬起頭，原本無神的黝黑眼眸因為忘我作畫而流轉一絲靈光，映入裴越的身影。

劍尊摟上少年盈盈一握的瘦腰，放倒在矮榻上，眼裡笑意深邃。

「若是結丹，修為提升，你能否畫出讓本尊更滿意的畫？」

不過多時，清修室裡傳來喘息呻吟和曖昧水色。

血與梅的時信化作春色蔓延，融化頭上那片廣闊無垠的雪地。

被壓在矮榻上的少年衣衫盡落，散了一地。滿是墨汙的手胡亂攀在依然衣冠楚楚的乾元背上，無法在同是黑色的長袍上留下半點汙跡，只能徒勞地染黑一縷又一縷繚繞十指的銀白長髮。

傻兔子被頂得一顛一顛，茫然之下吐著舌頭直喘氣。本該空洞的鳳眸在情慾中回復一絲神智，卻又全數沉溺在快感中……

◆　◆　◆

對於尊主為什麼對傻兔子改觀，段若一開始百思不得其解。

直到半個月後，他在照夜殿看到傻兔子趴在地上，握著羊毫筆在紙上畫畫。

竟然沒有吃花花草草……不對!?

以段若對尊主的興趣了解，以及看出傻兔子無人能及的畫修天賦，他馬上勘破真相——

傻兔子在尊主心中的地位，從小動物升級為小畫家。

之後還轉職成小琴師。

段若隔半個月又來一趟，這回傻兔子在彈古琴。

他看不懂樂譜，不過是孩童玩樂般隨心所欲地亂彈，淅淅瀝瀝樂不成曲，卻從悠悠琴音中悟出一絲道法自然。

段若看出來了，這傻兔子沒傻之前肯定是個琴畫雙修的天才修士，而且還對陣法深有研究。他道齡不高，境界修為卻驚天地泣鬼神地深厚，恐怕是某大宗門的嫡傳弟子，或是某修真世家不出世的本家公子。

也看出來了。坐在一旁的尊主扔給傻兔子一堆琴修用的樂器，雖然面上不顯，但分明是熱衷於發掘寵物的小才藝。

尊主愛才惜才，但只限於琴畫風雅之事，可又極其挑剔。曾有無數修為造詣不低的琴修畫修上門自薦，不到一盞茶的時間就被掃地出門。

此時發現原來身邊的傻兔子多才多藝，深得尊主聖心，自然對他刮目相看，態度不變。大有聖上被路邊的小秀女迷得神魂顛倒，一時龍心大悅臨幸了她，從此專寵她一人的既視感。

如果不是知道這坤澤是個傻子，還真以為他是故意勾引尊主。

要死。段若拍額，他怕不是被俗世中庸那些《霸道皇上不讓將軍帶球跑》、《邪魅仙尊只脫愛徒褻褲》的男男話本給精神汙染了。

以後禁止女修士把色色話本帶進燭嶺古都。

更要死的是，現在只要尊主離開照夜殿，也會把傻兔子挾在腋下到處跑。

尊主在祭臺上監督煉陣和結界，傻兔子就在他腳邊拔琴弦。

尊主聽長老報告煉丹煉器的進度，傻兔子就在角落畫牆壁。

尊主喊聲傻兔子，傻兔子愣兩秒後乖乖走過去。

尊主說傻兔子彈得好、畫得妙，然後在眾目睽睽下餵他吃果子。

明明知道他們有肉體關係，但段若硬是看出一股違和感：尊主這是炫耀寵物的意思嗎……

尊主高興了，其他人更加高興。

他們終於能一睹傳說中兔子大人的廬山真面目，一邊驚豔傾國少年的美貌和無人能及的修道天賦，一邊驚訝尊主對兔子大人的看重，在他們眼中兩人就是形影不離。

甚至所有長老也察覺到，傻兔子是坤澤，已經是尊主的所有物。

不出十日，燭嶺古都裡最先暴起的不是坤澤爐鼎現世所引起的騷動，而是女修士之間偷偷自產自銷的話本。

《兔兔那麼可愛，尊主怎能不吃？》

雖然哪裡都不對，但！這個，那個，該吐槽哪裡……

總之是禍！水！東！引！啊！

去找丹修長老要了瓶胃藥，段若一路念念叨叨：想個法子，得想個法子，別讓傻兔子的存在傳出燭嶺古都……啊不對！

他猛然想起：尊主還要帶他去參加冥象樓的拍賣會！

段若生無可戀，回頭找丹修長老再要一瓶防脫髮……

◆　◆　◆

在燭嶺古都監督整拾了大半年，破了之前只留了三十天的歷史紀錄後，裴越才動身去九州宛東。

冥象樓老闆很聽話，拍賣會延期又延期，取消再取消，只要劍尊一天不來，拍賣會堅決不開！

修真界龍頭大老提的要求，你敢不聽嗎？

聽到劍尊終於動身，上官老闆激動得睡著都笑醒。

只是再聽到劍尊說這回不想御劍或用飛行寶具前往宛東，上官老闆又哭著昏過去。

不用飛的，就是徒步了。

上官老闆哪不知道，這全是來自睚眥必報的劍尊的報復打擊，誰讓他賣黑鐵椿花針？誰讓他賣魔器大禮包？

誰又知道那些人買了是去害大老啊⁉

上官老闆只能吃下這啞巴虧，連忙派馬車去接大老。

那輛鑲滿金銀玉器、珍珠寶石的馬車金碧輝煌，連拉車的六匹駿馬也穿金戴銀，是九五之尊才配得上的豪華派頭。

天下劍尊不屑一顧，臉色發黑說：太顯眼，換了。

上官老闆欽派的掌事瑟瑟發抖，連忙去換一輛樸實大氣又不失典雅、注重功能性的馬車，劍尊才滿意地坐進去。

傻兔子當然被他挾在腋下，一同塞進車廂裡。

掌事和兩個充當車夫的堂主無比震驚，劍尊向來獨來獨往，連親信段長老也不曾帶在身邊出門。如果不是要報復老闆，他也不會坐冥象樓的馬車。

現在卻帶上一名白衣少年，同進同出。

而那少年俊美不可方物，掌事和堂主這等凡夫俗子馬上洞察到什麼。

掌事小聲：「我家夫人好像偷偷看過某些話本……」

堂主一號隱藏關鍵字：「『邪魅』、『褻褲』嗎？我女兒好像有一本……」

堂主二號跟著不可明言：「我妹妹也有，還有『霸道』、『帶球跑』……」

三人細思極恐：「快跟老闆說！」

馬車走上官道，靈隼也悄悄飛向天際，帶著震撼情報消失在前往宛東的方向。

走了不到半個時辰，車裡的劍尊一句不走官道，馬車被迫往人煙罕至的山道駛去。

之後一路走的全是俗世裡的江河峻嶺、奇山異水。

劍尊是來觀光的。

掌事不敢怒更不敢言，只敢心裡叨叨：這一路連鬼影都沒有，還說什麼顯眼，換什麼馬車呢……

車廂外設置了一層結界，邪魅霸道的劍尊和不知道會不會被脫褻褲帶球跑的傻兔子在馬車裡，外面看不見也聽不到。

掌事和堂主在前頭趕路，他們在車裡……確實是脫了褻褲，翻雲覆雨。

車廂裡空間寬敞，但還是禁不住乾元坤澤的時信洶湧，濃郁的血味和撲鼻的梅香交纏融合，成了最強烈的催情藥，只是幾下操弄足以讓坤澤軟成一灘春水。

傻兔子腳踝的梅花已經開到腰後，裴越操他時最喜歡打開他的雙腿，指尖摁在大腿內側的梅花上揉捏，一直揉到被操翻穴肉的嫩紅小穴，抽插時被帶出來的潮水打溼了兩腿間的花，像是被淋上一陣春雨。

連屁股上也開了幾朵，從尾骨一路往上開，點點緋紅梅花綺麗清雅，又被裴越惡劣地在他背上射滿白濁，甚是旖旎淫靡。

傻兔子身體柔韌度極好，有如液態的貓一樣任意擺布，裴越把他抵在車廂牆壁上從後進入他，被迫壓開大腿貼在牆上的姿勢讓滾燙粗長的肉刃插得極深，在肚子上操出嚇人的凸起。有時又讓傻兔子半跪在軟榻上，抬起他另一條腿勾在裴越的肩頭上，從側身肏進去，上翹的龜頭頂在之前沒操到過的結腸凹處，每插一次坤澤體內就湧出一股股溫熱潮水，淋在吐精的龜頭上，極是燙貼舒爽。

每一輪也是銀華墨髮相纏的酣暢性事。

裴越把傻兔子完全包裹在身下，插入被操至軟爛的腸道深處猛地灌精，兩手被吊起來似地摁在牆上，使得傻兔子無力掙扎，只能嗚咽著踢了踢被掰開的雙腿。

傻兔子連哭泣起來也跟貓似的，破碎的抽泣能把人酥到骨子裡，惹得裴越故意在穴口淺插，聽他輾轉不止的嚶嚀低叫。

這回實在是操狠了，好幾次故意蹭在傻兔子體內的花腔入口發狠地操，甚至龜頭抵在那小嘴射精。

那裡是坤澤最敏感隱祕的地方，只能在春露期發情時才會打開。要是乾元操進去內射，同時咬住坤澤的後頸腺體注入時信，即能完成完全標記。

標記是打在元神之中，從此坤澤的身體乃至靈魂將成為乾元的專屬，永生萬劫不復。

做為坤澤，他們絕不希望被乾元完全標記，然而做為爐鼎，他們從沒有拒絕的權利。

所以完全標記對坤澤爐鼎而言，比墮入魔道、比元神俱裂更為可怕。

傻兔子外表看著不過十七、八歲，道齡可能不到一百歲，雖說跟其他修真者相比依然十分年輕，但正常而言他的第一次春露期早該來了。

裴越曾用靈識掃過一遍，隱約尋出傻兔子的體內有服用延露丹抑制春露期的痕跡，恐怕是還沒痴傻前，他就不願意陷入發情。

所以傻兔子還沒有經歷過春露期。

哪怕沒有插入花腔，沒有咬住腺體，沒有完全標記，這個坤澤，這隻兔子，也只能是裴越的所有物。

想到這，乾元天生霸道的獨占慾得到滿足，發狠地把身下的少年操出更加生澀動情的反應。

每當體內那處隱祕的花腔入口被狠狠插弄，什麼都不理解的傻兔子仍然本能地害怕掙扎，小獸般哼哼唧唧叫得悽慘，想要爬走又被裴越拉回來，蠻橫地用肉刃把他釘在懷裡，讓他無法逃離。

那只剩下抽抽噎噎哭個不停的份，傻兔子哭紅了眼角鼻尖，眨動沾滿破碎淚光的鴉睫，純黑眼眸茫然無神地看著身上白髮垂落的劍尊，整隻兔子很是惹人憐愛。

所以裴越欺負得更狠。

他捏住傻兔子又軟又暖的小耳珠，順著他耳後愛撫。

耳朵一被碰到，傻兔子頓下呻吟，轉而扭曲成尖聲貓叫，全身激烈地顫抖起來，縮著躲著不讓裴越碰。

傻兔子渾身上下、裡裡外外都很敏感，尤其是耳後。

這是裴越前兩天隨手給他撩起頭髮，無意中摸到耳朵時發現的。

只要摸上他的耳朵，揉捏他的耳珠，在他耳後摩娑愛撫，傻兔子下面就會咬得更緊，軟成一團，毫無反抗地任由操幹。

迷迷糊糊間，傻兔子怕是被操出幾分神智，含淚看著裴越，好像在說不。

這很好地造成反效果，又被撩起性致的裴越操得更深。當他再次在溫軟緊窒的肉穴盡頭灌精時，傻兔子也仰起脖子吐出舌頭，失禁般高潮射精。

裴越習慣性地又重插幾下，把尿道裡殘餘的精水全數射進貪吃兔子的淫穴裡，拔出包漿的慾根，滿滿精漿從合不攏的泛紅肉穴湧出來，淋在裴越還在與傻兔子緊緊相貼的下腹，髒汙了身下軟榻布帛。

就算是為性愛而生的坤澤爐鼎也受不了連日來如此折騰。傻兔子累得可以，潔癖再嚴重也顧不來了，直接倒在溼漉漉的軟榻上沉沉睡去。

髒兮兮的，就是頭小兔崽子。

早就給自己和身周施下淨身咒，整拾好衣冠的裴越毫無良心地一通嫌棄，把傻兔子丟在一邊，逕自閉目入定。

然而不過片刻他又睜開眼，凝凝看著陷入深睡的少年。

半晌，他兩指一點，一個淨身咒落在傻兔子身上，也把整個車廂清潔乾淨。

他只是看不得髒亂。

繼續閉目入定，沒多久又睜開眼，從萬納錦囊裡扯來一件寬大的暗浪逐月黑袍，隨意一丟，蓋在傻兔子下半身滿是紅印指痕的裸體上。

他只是……算了，他想蓋就蓋。

這才安然入定。

五百年來獨來獨往的劍尊沒有意識到，他剛剛第一次照顧別人。

照顧這頭傻白兔子。

◆　◆　◆

馬車在綿延萬里的青山綠水中走走停停，三個月後終於來到九州宛東。

如果不是劍尊不允許，上官錦多想直接衝到關外十里，鑼鼓喧天用十六人大轎把劍尊抬進冥象樓。

畢竟上官老闆求爺爺告奶奶就是不敢催促，前前後後等了將近一年，終於等來這尊大神。

冥象樓是中庸商賈上官一族開創的地下商市，第一代老祖在店樓大廳掛了一塊純金的巨大牌匾，上頭七個大字——「納天下萬貫金財」。

一切都是為了賺錢，而且是賺大錢！秉承這般家族理念，冥象樓所售商品琳琅滿目應有盡有，上至三界珍寶，下至茅房草紙，不管是說得出名字還是說不出名字的大多都能在這裡找到。開業至今三百年間在九州開了不下五百家分店，而年紀輕輕的上官錦正是第七代老闆。

說是地下商市，但冥象樓不論是名聲還是規模也很是高調。總店位於宛東最繁榮的城都，價格最昂貴的地段，占地最寬廣的樓房，風格最金貴的裝潢。如果說裴越的喜好是奢華富麗但不失仙氣格調，那上官錦就是純粹的金碧輝煌，肉眼可見的財大氣粗。

上官錦一大早就在金光閃閃的冥象樓大門前恭候尊駕。

他是個心思伶俐之人，劍尊不入俗世，更不喜高調，加上現時被誣陷為修真界的叛徒，自然不可讓旁人發現他的行蹤，這回邀請也是只有上官老闆和幾個親信下屬才知道。

可是以待客之道來說——特別劍尊是冥象樓開業三百年來難得的大貴客，從正門請進去才符合他尊貴的身分。所以上官錦耗費大量靈器寶物清空大街附近的行人，只留他和不到十名親信一同恭候。

上官錦做好做滿做得妥妥當當是他的事，天下第一的白髮劍尊可不著眼這些彎彎繞繞的形式主義。他拎著傻兔子下了馬車，不看任何人一眼，與生俱來的傲然和威嚴來得比其他修真者更為強盛，讓人望而生畏。

在場所有中庸不寒而慄，深刻意識到他們雖然同樣兩個眼睛一個鼻子，但跟劍尊一比，當中雲泥之別有如仙人與螻蟻，實在不能比。

上官錦壓下心中畏懼，他不到而立之年，也是個英俊瀟灑的妙人，笑起來春風化雨不見半點商人常見的諂媚。他特意了解過，劍尊不喜歡中庸那套繁瑣禮數，上官錦也不過於客套，畢恭畢敬地低頭行禮，直接把人請進樓去。

劍尊矜傲，走進冥象樓像是回到自家洞府似地大搖大擺，身後徐徐跟著一名容顏絕色的俊美少年。

少年鳳眸低垂最是勾人，嘴角墨痣引人旖旎。他無須華衣玉冠，簡單的一身白衣、披上黑袍更顯清俊，只是那暗浪逐月紋的黑袍尺寸太大並不合身，仔細打量發現是劍尊的衣服。

迷迷登登的少年不知為什麼腳步飄浮，扯住裴越的衣袖一角跟著走進冥象樓。

早就收到靈隼報信，上官錦頓時心領神會。

掌事也偷偷地打眼色，那眼色裡還碼上呼之欲出的吶喊：他們三個月裡基本上沒下過馬車，雖然現在車廂乾淨如新，我也很想說服自己他們只是在修煉，但我感情上就是不相信啊！

上官錦回眼色打斷他：說不定真的在修煉啊，你可曾聽過雙修？

無論如何，不管少年是劍尊身邊的什麼人，也得好生侍候。

眾人魚貫而入，上官錦趕到前頭親自帶路，把劍尊請到主廳。

劍尊來到冥象樓是祕密，越少人知道越好。所以進門後一路上不見任何人影，來到主廳更是除了上官錦和掌事外，冥象樓其他親信全守在門外不得入內，還特地找來靈器設置結界。可能這對劍尊而言不太夠看，但總不能叫他紓尊降貴丟結界吧？

關上門後，富麗堂皇的主廳裡只有四人。裴越坐在最上席，東道主的上官錦只是坐在下方左側，掌事更是站在大老遠的門邊，毫無怨言地任由反客為主。

上官錦心細如塵，特地在劍尊旁邊安排座位，留給清俊少年。

如此一近看，上官錦再次為之驚豔。雖然知道大多修真者男的英俊、女的秀麗，把相貌停留在人生最俊逸美麗的時期，但這位小道長的美更是驚為天人，宛如謫仙，如果……沒有盯著花瓶裡的花流口水，可能更仙氣飄飄一點。

裴越習慣了傻兔子一看到花草水果就蠢蠢欲動的傻樣，直接替他作主。

「拿些水果來。」

也從靈隼中得知小道長辟穀後還會進食，上官錦早有準備，讓掌事送來水果拼盤，特地送到傻兔子面前。

傻兔子竟是眼睛微亮，正想伸手去拿切開的水果，愣地發現擺放一旁的小銀叉。他看看果子溢出的汁水，又看看乾淨的手手，定格半晌後拿起小銀叉戳水果，呆裡呆氣地吃得津津有味。

上官錦和掌事有種看到小動物第一次學會自己吃東西的既視感，多少明白家裡女孩為什麼總喜歡看小貓崽吃魚乾，看得心裡暖融融快要化開，嘴角不由自主拉開慈祥的笑容。

還有道淺笑輕輕傳來，當中兩分嘲笑三分嫌棄，餘下是九十五分玩味的愉悅，以及一丟丟微不可見的寵溺。

一時以為是幻聽，兩人應聲看向裴越，只見劍尊面無表情冷如冰山。

肯定是笑了。上官錦偷偷蓋章，清了清嗓子，一抹剛剛的輕鬆表情，來到劍尊跟前直接一個跪滑謝罪。

「小人在此代表冥象樓恭迎尊主大駕光臨，也特意向尊主請罪。兩年前流出修真界的黑鐵椿花針和修道魔器，確是冥象樓所售之物。由此牽連到劍尊和燭嶺古都，小人實在難辭其咎，望劍尊寬宏大量，冥象樓定當盡力補償，絕不推諉！」

跟劍尊對話不能虛與委蛇，不能亂打官腔，必須有話說話一針見血，免得把沒有耐性的劍尊給惹生氣，否則接下來什麼都不用說，留到來年清明吧。

裴越事不關己地神色淡然，還有閒心拿過傻兔子手裡的小銀叉餵他吃水果，不以為意地丟出一句。

「誰讓你賣的。」

冥象樓雖然是由俗世中庸所開的店，但買賣的對象和商品貫通天地人三界，魔道還在時也與魔修有過交易，囤過不少魔器。

不過自從五十年前與魔大戰後不再販售：一來魔修絕跡，東西自然沒有市場；二來九州自此是正道天下，冥象樓當時的老闆懂得要避諱。

可魔器不是尋常物件，不好隨便丟棄處理，所以最後那些陳年存貨只能囤在倉庫裡封印起來。

「是小人一個不中用的下屬利慾薰心，未經允許就私自賣出去。」

這聽上去很像無良老闆把責任推卸到員工身上，所以上官錦進一步解釋以示清白。

「那人負責定期清點倉庫，他憑藉職務之便，再施以掩眼法，還偽造身分散播

『魔器能增長修為』的謠言，瞞天過海偷賣出去。此事直到在修真界發生小人才發現，是小人監管不力！」

上官錦實實在在地悔恨自責，也實實在在地膽顫心驚。就算不管不顧先低頭認錯，把責任全攬到身上，還是害怕喜怒無常的劍尊一個爆發，用小指頭就讓他來年清明再見。

不過如此說來，這下屬的身分地位，其實一般而已。

第六章 生花

裴越忘了餵傻兔子，拿手裡的小銀叉輕敲檀木茶几，傻兔子定定地看著還戳著青葡萄的小銀叉，目光跟著一點一點。

裴越問：「憑他一人，能做到此事？」

上官錦回：「確實有人在背後指使，但無論如何審問，他也聲稱不知那人是誰，只知道是個修士。」

不論是修士金丹被剖，還是冥象樓私賣魔器，同樣有修真界的人充當幕後黑手，怕不是同一批、甚至是同一個人。

那私賣的下屬看來被幕後黑手抽走相關記憶，以免事情敗露後會被嚴刑逼供說漏嘴。

上官錦恨不得讓那個害群之馬來年清明無墳可拜，但程序上又得留給大老看兩眼。

「那人已經關在水牢裡，就等劍尊發落。」

終於記得手裡的小銀叉，裴越把青葡萄懟到傻兔子嘴裡，撓了把兔子下巴，懶懶地說：「是你的人，自己處理。」

行，那直接處理乾淨吧。不僅把冥象樓牽扯到修真界的糾紛中，現在還榨取不出半點有用情報，這人留著也沒用處。

心裡將那人隨意發落，上官錦又思忖片刻，神色凝重地向劍尊躬身。

「我們冥象樓只是俗世中的尋常商賈，與修真界任何一個宗門世家相比不過蚍蜉撼樹，但小人不願劍尊蒙受不白之冤。此事冥象樓定當盡力協助，將幕後之人追查到底，為洗脫劍尊和燭嶺古都汙名盡一份綿力！」

裴越這才瞥他一眼：「油腔滑調。」

「尋常商賈」能搜羅到三界珍寶？能與正邪兩道做生意做個三百年如魚得水？

不過若是修真界有心針對，確實是蚍蜉撼樹。

如今能生意興隆三百年，除了因為家大業大在修真界同樣聲名遠播所以不好下手以外，也因為冥象樓是俗世紅塵的組織，完全不歸修真界管，修真界也拉不下臉去管。

話雖如此，以前可發生過冥象樓千辛萬苦找到珍貴靈寶，卻被幾家宗門以冠冕堂皇的理由要求「歸還」的事。現在更不好說了，修真界都敢打劍尊和燭嶺古都的主意，更別說倉庫裡藏了不少修真寶物的冥象樓。

冥象樓早被修真宗門盯上，以後只有兩條路可走：一是投靠修真界，等同自己把靈石財寶上供，當別人家沒有靈魂的金庫。

二是找劍尊和燭嶺古都當靠山。

燭嶺古都自身就是個仙山寶地，用不著吞併冥象樓充公自己的金庫。有如此強大的宗門罩著，哪怕修真界想來搶劫也得先過劍尊那關。

至於劍尊能懟翻修真界嗎？上官錦先押個五十五十，反正冥象樓就算要滅亡也是在燭嶺古都之後，要死也是自由靈魂，保有尊嚴，轟轟烈烈！

這也是上官錦為何打從一開始就以下屬自居，對劍尊言聽計從，苦等一年也不敢開拍賣會的原因。

畢竟得賣些人情臉面，劍尊可能不在意，但上官錦萬事也要做足。

如意算盤打得可響啊。

裴越哪看不出來，冷哼：「看得挺通透。」

上官錦面上溫和，可心底七上八下，只得笑道：「於中庸而言，七十已是古來稀，既然壽元有限，自然想得更精明些。」

裴越悠悠道：「都是修真界的事，你好好做生意就行。」是允許的意思。

上官錦大喜，鬆了一大口氣連連道謝，看出劍尊無意再談，又趕忙安排到東廂好生招待，一行人畢恭畢敬地把劍尊和少年送進去。

然後歡天喜地去準備終於能開場的拍賣會。

◆ ◆ ◆

三天後，延期一年的冥象樓拍賣會擇下這天良辰吉日，盛大開幕。

拍賣會以往每五年舉辦一次，為期十五日，是冥象樓重中之重的大活動。所拍賣的寶物成千上萬，不僅是冥象樓的藏品，也接收來自三界九州不同勢力不同人士的寶物寄拍，能入圖鑒名錄定非凡物。

裴越這回來冥象樓只是敲打敲打上官錦，對拍賣會沒多少興趣，所以外頭如何盛況空前，他們所入住的東廂就如何歲月靜好。

昨晚又把傻兔子折騰得可憐，害得小傢伙都不敢待在床上，洗好自己後撲進庭園躲貓貓，任憑裴越怎麼喊也不肯出來。

不過循著光禿禿的花圃去找，就可以揪出他的兔子尾巴。

裴越不可否認，其實敲打工作讓段若來做就好，他不過是現在看這傻兔子特別順眼，所以才生起帶他出來玩的念頭。

看順眼了，自然會把他揣在心上。

拍賣會開始後，上官錦每天親自送來拍賣品名錄，就是隨便劍尊買買買，只要他喜歡，甭管旁人喊得再高，冥象樓也會給買回來！

劍尊原本沒什麼東西好稀罕的，不過隨手翻了幾頁名錄後他搖了搖手鈴，上官錦聞聲火速趕來，看劍尊大手一揮，戳戳相中的拍賣品。

一枝剔紅梅花紋的天靈木毛筆，一座千年琴修所煉的盈月古琴，幾套附上陣法結界的天緞衣袍，幾款看著很好吃的仙果靈花……戳著戳著就不止幾樣。

上官錦也不缺這些財寶，劍尊戳多少他就給買回來多少，邊買邊嘖嘖稱奇——全都是買給小道侶啊……

在上官錦眼裡，劍尊和傻兔子已經用紅線綑綁在一起，比外頭那些男男話本的主角配對更牢固。

還沒等拍賣會完結，劍尊把傻兔子挾在腋下，想回歸老本行到處遊歷。

上官錦連忙丟下手頭所有事情過來迎送——誰也不可能留得住劍尊，以大神規格送走就是。

誰知臨行前找不到傻兔子，這得怪裴越，昨晚再次把人當作紙團蹂躪，現在不知道躲在哪座假山裡面鬧小動物脾氣。

裴越不急也不惱，傻兔子要是生氣了下次把他操服氣就行了。他回到廂房裡入定調息，等傻兔子自己爬出來。

以為來送走貴客的上官錦，除了覺得修真之人真的很沒時間觀念外，還有種被硬塞狗糧的錯覺。

這時有人上門來訪。

是法華宗的佛修，佛僧清定。

此時是拍賣會的第十天，以佛寶禪物為拍賣主軸，不少佛法中人也不免俗地前來參與，佛僧清定就是其一。

清定不過是一名元嬰佛修，年紀輕輕長得一副與佛有緣的禪相，但修為和資歷在大乘劍尊面前根本不值一提。如此年輕小輩在外歷練時認識幾個同輩道修並不奇怪，為何會結識天下劍尊？

上官錦心中警惕：而且他怎麼知道劍尊在冥象樓東廂？雖然曾經聽過法華宗清定這人，但以前未曾見過，現在正值修真界的多事之秋，難不成有不懷好意之人故意偽裝接近？

裴越倒沒那個疑神疑鬼的閒情逸致，哪怕傾天闕掌門尋仇上門他也能不以為意，倒是好奇這佛修有何事找他。

清定被請進東廂後，直接一句阿彌陀佛：「佛說，一切皆為天意。只不過小僧此次並非為劍尊而來。」

原來是佛陀指路啊。留著看戲的上官錦好生奇怪：不是來見劍尊還能見誰……

啊！

裴越神色不顯，其實眉心輕皺，眼角瞥向窗外風景如畫的庭園，傻兔子還藏匿其中不願出來。

再看向清定時，眼裡閃現說不明道不清的危光。

「請劍尊別誤會。」

被劍尊提防可不是好事，那一記目光竟有戾氣，壓得元神隱隱作痛，清定撥動手中念珠，行著佛禮說：「小僧與那位施主將會有一面之緣。」

此話玄乎其玄，一面之緣應當是已經過去的事，但清定卻用「將會」二字，表示他從未與傻兔子見過面。

卻已有緣。

劍尊以指尖輕敲木桌，幾番打量眼前淡然雅淨的佛僧，開口時聲音冷如冰霜。

「你知道他是誰？」

「小僧不知，只知佛法所示，小僧欠他一個果。」

「有因才有果，你不知其因，如何報果？」

「此因或種自前世，或種自前塵，或由他親自所種，或由他人為他所種，一切不得而知。所以請容小僧在此等候，與施主一面，相信到時可知因果緣由。」

裴越不置可否，也不幫忙去把傻兔子拎回來，任由清定空等，一等就是半天。

這麼點時間對修士而言不過彈指，但對上官錦這個中庸來說就是每盞茶幾千萬黃金的買賣，再次吐槽修士的時間觀念十分糟糕，他連忙趕回拍賣會去。

但清定沒有等下去。

明明人就在庭園裡，只要進去就能找出來，然而最後清定還是沒有與傻兔子見面。

「看來小僧與施主緣分未到。」

他並無惋惜，打算動身回法華宗，走前不忘細細囑咐。

「佛法說，小僧與施主的因果有生死之苦，所以此次前來冥象樓還特意拍下一樣佛寶，皆是為了與施主結果。能否請劍尊代為轉告，如果施主願意與小僧了緣，有勞到法華宗見上一面。」

清定說完就離開東廂，只是步伐有些出家人要不得的凌亂——媽啊，在大乘劍尊的威壓下站半天差點把他給嚇得元神出竅，就地圓寂。

也不知道為什麼劍尊看他時目光如刃，有他看不懂的複雜思緒。

清定走了，東廂只剩下兩人。

裴越沉靜片刻，倏地瞬移到庭園一座假山前，拂袖搧飛青石，把藏在石洞裡啃了一地荔枝殼的傻兔子拎起來挾在腋下，直接御劍飛出冥象樓，消失於雲霄中……

道修的天道，就是佛修的佛法。

天道說，傻兔子是你裴越的機緣，是天劫，是你的情，你的慾。

誰知佛法也跳出來說，兔施主與我家弟子清定有一面之緣呢。

他不只是你的緣。

裴越對自己的心思抓著很準，就算這些幼稚情緒不應該出現在天下劍尊身上，他也不會否認——

他就是很不爽。

傻兔子的一切，都是他的所屬物，包括那虛無縹緲的「緣」。

他可容不下傻兔子與別人有任何說不清道不明的關係！

來到位處宛東賢光山的洞府後，裴越首先給遠在燭嶺古都的段若傳信，言簡意賅只有四個字。

——速查身世。

然後，好好教訓一下無辜的傻兔子。

梅花已經開上胸脯，襯得嫩粉色的乳頭像是還沒開花的花苞，故意用指甲一捏，馬上充血豔紅起來。

裴越很喜歡傻兔子身上的梅花，只有身體發熱時才蔓延而開，有如畫布雪山上梅紅點綴，甚是雅致，但落在傻兔子身上便是純潔卻淫靡。

這回又擦著他的花腔入口抽送，裴越滿意地看傻兔子被操爽操哭，皺起精緻漂亮的臉輾轉低泣。吐出來的舌頭又被裴越惡劣地揉捏扯弄，塞回嘴裡跟著身下交媾的動作攪動操插，欺負得他連喘息也支離破碎。

在他體內狠狠射了一回，裴越把癱軟的傻兔子撈起來坐在腿上，肉刃直挺地碾開坤澤溼軟緊窒的腸壁，嵌入體內深處，捋直結腸彎處，在肚皮上頂出明顯的凸出。裴越每次抽送，肚子那處形狀也跟著起伏。

傻兔子剛高潮過，還處於不應期就被再次操弄，渾身上下震顫不止。被操得軟爛泥濘的肉穴痙攣著抽搐著，無法控制地絞緊體內巨物，爽得裴越一道低嘆，挾住傻兔子的腰狠狠往胯間摁，操得傻兔子哭著一顛一顛。

裴越摸著他腰後的梅花，一朵朵往上描繪刻劃，最後掌心包覆在他腋下的凝脂雪肌。

有一朵開在他的左腋下，摁住時離心跳很近很近，像是只隔一層紗紙。現在因情事而強烈鼓動，每插入一次就跳得更快。

渾身雪白已被情愛染上緋紅，傻兔子聞著乾元身上的時信味道，失神間好像被操出神智，聽見他口齒不清地說話。

「不……不……」

裴越挑起眉頭，明明用靈識就可以聽清楚，他還是俯身籠罩在傻兔子身上，湊近耳朵細聽。

「不要……」

聽見了，雖然被哭腔模糊，但還是能聽出少年聲音如流水清澈，現在因情事而化成溫軟春水。

裴越頗為驚喜：他不介意傻兔子會說話。

「來，喊本尊的名字。」

紓尊降貴地哄了幾回，只換來傻兔子一直掉淚喊不，裴越不再為難他，倒是下身的欺負毫不含糊。

把人面對面抱在懷裡顛，傻兔子越是喊不，裴越插得更重更深，埋頭聞著他後頸腺體濃郁的清幽梅香，讓這個不喜寒冬的乾元想找天拎著這傻兔子一起去北地賞梅觀雪。

濃熱精液灌進潮水氾濫的甬道，裴越感受著射精的餘韻快感，血鏽味侵食梅香，強橫地與之交融，但充滿攻擊性的乾元時信也因花香而柔和下來。

純陽之體和純陰之體的肉體契合度很高，跟傻兔子做愛更是榫卯無縫般契合，甚至讓裴越滿足得生起一股從沒有過的衝動：想用嘴唇碰一下他，額角，眼尾，耳垂，唇邊痣，哪裡也行……

懷裡的傻兔子沒有像往常那樣沉醉在高潮過後的失神中，卻是緊閉雙眼，皺起眉心一臉痛苦，低喃一字。

「痛……」

說完，他胸口一顫，嘩地大口大口吐出鮮血。

血很多，直把裴越胸前裡衣染成觸目驚心的紅。

他猝不及防地一愣，才發現昏厥懷裡的少年渾身火燒地滾燙，臉色卻冰浸般發白，原本只開到胸口的梅花一口氣開上脖子，快要觸上耳後。

這花不對勁！

原本以為是傻兔子前主人的惡劣情趣，裴越此時才遲來地意識到有問題，靈識在傻兔子體內流轉幾十回，才在他右腳腳踝——梅花最先開出的地方探出一絲異樣。

有人在他體內隱祕地種下禁咒。

所謂禁咒，除了下咒者以外無人可解，直到被咒之人死去也會一直依附在身上，是極其惡毒難纏的咒術。

就算昏迷不醒，傻兔子還在氣若游絲地不斷咳血，血水流過赤裸溼膩的軀體，像是半身陷入血池中。

裴越蹙起眉頭，心頭震怒：是哪個不知死活的雜碎敢動他的人！

管他禁咒是什麼時候下的，裴越就是要把那人揪出來挫骨揚灰，化為齏粉！

揚手在身周落下陣法，清潔了兩人身體和寢房被褥。裴越給傻兔子服下丹藥，跟他面對面盤腿入定，掌心相貼，以自身靈息渡入傻兔子體內，為他壓制暴起的禁咒。

離那次修真大會的暗算不過兩年，但是在日日夜夜使用坤澤爐鼎的情況下裴越已能控制魔息，將之完全化散不過是時間問題，此時也可毫無顧慮地催動靈力救治傻兔子。

大乘修士的靈息源源不絕流入少年體內，宛如凜冽清風把作亂的禁咒強行壓下，然而只要稍為收起靈息，禁咒會以極其猖獗狂暴之勢反噬回來。

而且在幾個小周天調息流轉後，又發現傻兔子體內更多弊病。

他的金丹無法正常凝氣。

傻兔子曾經金丹破碎，丹田內殘留碎片，現在因為跟裴越雙修而重回金丹期，自然重新結丹。

問題就出在此處，新結的金丹和舊金丹碎片無法好好融合，現在疊在一起不上不下殘而不廢，成了殘次品。

如此一來，裴越渡進去的靈息在他體內運行過大小周天後，最後卻無法在金丹凝聚，如破洞水盆一樣全流出體外。

不把新舊金丹融合，就算裴越渡入更多靈息也沒用，更別說繼續壓制禁咒。

裴越是知道傻兔子的金丹有問題。

突破金丹期時，他們在前往冥象樓的馬車裡，結丹後裴越只是稍為用靈識掃一下就置之不理。反正他現在不介意傻兔子是團小廢物，哪怕金丹不全、境界不穩、修為不定也有劍尊護他周全。

卻沒想到成為誘發體內禁咒的原因。

裴越心神微亂，承認自己一時大意，差點把傻兔子養死了。

從萬納錦囊裡掏出不少五品丹藥，全餵給傻兔子吃，一邊融合他的金丹，一邊渡入靈息控制作亂的禁咒。

如此過了十天十夜，在金丹完全融合之際，天邊落下萬丈月光，屋外突然紅梅盛放，此情此景和當初傻兔子突破金丹期時一樣，是來自天道的祝啟。

連金丹融合也能召來天道道賀，這傻兔子確是天選之子，傻了也有效。

毫無休止地渡送十天靈息，對大乘尊者而言不痛不癢，裴越以自身靈息溫養傻兔子新生的金丹，確定能好好運行凝氣後，順勢要把禁咒封印。

既然不能解，那就封上吧。等以後找到那個不長眼的下咒者，逼他解開後就將此人捏成粉碎！

想是這樣想，可是當金丹開始運行後禁咒就此失控暴走。傻兔子頂不住再度吐血，甚至來得比之前嚴重，給他餵了不少丹藥才勉強止血。整個人像枯萎的花草一樣肉眼可見地虛弱不堪，眼底烏青發黑，臉色蒼白如紙，誰看見了也會心臟緊揪地痛。

連裴越也越看越火大，特別是極力壓制了三天，依然不見起色，他心底燃起無止境的憤怒。

以及陌生的不安。

這個禁咒，連他也無法封印。

當裴越給段若傳信，讓他把煉丹陣修兩大長老和燭嶺祕寶搬過來時，傻兔子已經癱瘓在裴越懷裡，宛如風中殘燭呼吸微弱。

裴越難以置信。

他天下劍尊，大乘修士，天道也認可的尊者，竟然連一頭兔子也救不活。

難道他要像過去五百年間俯視眾道生死那樣，看著傻兔子死去？休想！

哪怕傾天覆地，他也要為他尋出續命之法，脫離禁咒噬血之苦！

——小僧與那位施主將會有一面之緣。

——小僧與施主的因果有生死之苦。

那個法華宗的佛修！

猛然靈光一閃，裴越抱起懷裡的少年，御劍往法華宗而去。

◆ ◆ ◆

宛東賢光山千里之外的普渡河，正是法華宗的所在地。

兩個時辰後，裴越御劍而至。

大乘劍尊自帶靈氣威壓，更別說他此時心神暴躁，使得茫茫普渡河中浪潮翻天，兩岸菩提樹上枝葉亂顫，方圓十里生靈四處逃竄。

劍尊的來訪毫無預兆，可有人早有感知，在法華宗的天梯盡頭候著。

清定雙手合十，「久候劍尊多時，能否先讓小僧看施主一眼？」

裴越神色不悅，但還是拉開包裹在傻兔子身上的黑袍，露出那張死白無色的臉。即使陷入深眠的痛苦中，少年仍不減俊美，就像一座冰霜雕成的仙像。

只消一眼，清定面露震撼——並非因為少年的容貌，畢竟傾城絕色之於出家人而言也不過皮囊一副，他的驚訝來自他認出了傻兔子。

清定低嘆道：「阿彌陀佛，請劍尊與施主隨小僧入內。」

法華寺乃人間佛地，佛門清靜，一路經過佛修無數，但看到清定師弟身後靈壓滔天的道修劍尊也古井無波，行過佛禮後繼續灑掃並無落葉的石板路。

天道佛法本相通。曾經佛修以法華寺為首，加入與魔大戰以保天下蒼生。現在修真界動盪，佛道同樣面臨資源減少的情況，傾天闕掌門曾經找上法華寺的住持淨覺大師，邀請他一同討伐燭嶺古都。

淨覺大師甩了把拂塵，只道：諸法因緣生，我說是因緣；因緣盡故滅，我作如是說。

——東西少了就少了，沒了就沒了，都是有因緣的，我們佛修其實不在意啦。

傾天闕掌門聽到這話氣得回雲山去，不再找佛修談合作。

佛修無意介入道修之爭，跟誰都非敵非友，所以對他們而言，劍尊的到來與尋常香客無異，無需大驚小怪。

清定領著人來到他清修的禪室，從香案的供碟中拿出一枚透明圓潤的珠子，遞給裴越。

透明珠子明光清淨，透發出純粹靈氣。甫一靠近，懷裡的傻兔子嗆了一口，原本微弱的呼吸藉此暢順起來，臉色也有一絲起色。

清定說：「劍尊靈力強大，把靈力注入凝華珠，放置施主心臟上，可保施主一命。」

裴越接過東西，渡入靈力後放在傻兔子的胸口，一邊挑眉：「凝華珠？」

「是佛家不出世的聖物。佛尊坐蓮誦經萬萬遍後，雲霧在蓮花凝結的第一顆露珠，可鎮壓施主體內禁咒。」

果然，透過凝華珠在心臟渡入靈力後，傻兔子的氣息穩定不少，臉色也慢慢恢復紅潤。

裴越不自覺地緩了口氣，抬眼看向清定，又是厲光一閃。

「你知道他是誰。」

「知也不知。」清定又一句阿彌陀佛，「正如之前所說，小僧與施主只有今天這一面之緣，此前並不認識。」

清定認識的，是傻兔子的親人。

宛如謫仙的人，生他的父母亦是仙人容貌，清定一看就知道少年是當年的恩人之子。

那是五十年前發生的事。

正是與魔大戰之時。

清定當時剛剛突破金丹期，哪怕修為不穩也被抓去充當戰力，可想而知當初戰況如何慘烈。

這麼一打起來，清定就被打個半死不活。

以他當時的境界修為，死了只叫圓寂，跟涅槃不搭邊。想死得更像得道高僧一點的清定只嘆事與願違，在地上躺平，等待魔修最後的虐殺。

這時，恩人來救。

那是一對合體期道侶：男子為琴修，儒雅清俊；女子為畫修，冷豔秀麗。兩人同是天仙容顏，降臨到這個烏煙瘴氣的血腥戰場裡，有如流過一道清澈天泉。

他們戳死魔修，救下清定，為他療傷，療著療著，忽然雙雙吐血。

這不嚇死小和尚清定!?然而琴修笑意盈盈地擺手，一邊給道侶溫柔拭去嘴角鮮血，一邊讓清定淡定。

「他們都被下了禁咒。」

清定回想那兩人的容貌，臉上同是生出燙傷般的花紋，琴修眉眼有桃花，畫修髮鬢有鈴蘭。

那禁咒名為——

骨生花。

裴越面有陰霾：「不曾聽說。」

清定也是那時才聽到的：「恩人說，那是他們家族獨有的祕術。」

成了，是被自家人害的。

裴越低頭看著沉眠的傻兔子，心底思緒複雜。

恩人還說了不少骨生花的事情。

故名思義，是把禁咒的花種種在活人骨頭裡，任其生長。

一旦花種扎根在骨頭上，禁咒就會發動，率先吞噬宿主的神智，斷其靈脈，碎其金丹，亂其元神。

所以傻兔子才成了傻子。

隨後花種啖肉噬血、吸食骨髓，以血肉元神為泥土養分，在宿主體內野蠻生長。

花根纏上靈脈白骨，花朵鑽開肌肉開在皮肉之下，只在身體溫度上升和禁咒發作時才顯現花開的痕跡。每開一朵就是錐骨割肉的痛，只有不停地吃花草靈果才可以轉移體內的養分吸收，緩和骨生花的痛苦。

說到這裡，清定喉頭一甜，被裴越盛怒的時信轟得口鼻溢血。

嘴裡再腥，也不及劍尊的時信血腥啊。

裴越見狀，收起幾分靈壓，但還是難掩不悅：「說下去。」

清定清了清嘴裡的血，說：「恩人告知，骨生花的花期有限，從腳踝開始生長，若是長到腦袋上便是大限將至，必會身死道消。」

而且隨著花開，被吞噬的神智會慢慢回籠，也會一點點地、清醒地，感受體內的花開劇痛。

當初見到恩人時，他們的骨生花已開至臉上，神智也基本恢復。

但也意味著他們，命不久矣。

而傻兔子也……

指尖摩挲傻兔子的耳後，裴越可記得，這裡將要開出梅花。

到底傻兔子做了什麼，才讓下咒之人對他恨之入骨，降下如此惡毒難纏的禁咒？

眼見劍尊的時信靈壓又要壓下來，清定連忙說：「幸好恩人偶然發現佛家祕寶凝華珠，只要將之置於胸前就可壓制禁咒生長，得到尋找解開禁咒的一線生機。」

他看了眼放在傻兔子胸口的凝華珠，緩緩笑道：「當初聽說冥象樓將會拍賣一顆凝華珠，小僧才特意前去。」

五十年前與魔大戰，清定命懸一線，被傻兔子的父母所救，這是因。

今天清定與傻兔子一見，贈以凝華珠，抑制他體內與父母相同的禁咒，這是果。

所以才有佛法啟示，清定與他註定有一面之緣，還他一個果。

如此，因果成圓。

裴越問：「那對道侶何在？」

清定搖頭，「恩人救下小僧後就離去了，直到今天不曾再見，看來也是一面之緣。」

最後有沒有解開禁咒，現在是死是活，不得而知。

但他們是傻兔子的父母，兒子同被種下骨生花流落在外，卻無人來尋……

骨生花是家族獨有的祕術禁咒……

傻兔子在家裡可不好過啊。

裴越冷笑，問：「看不出他們何門何派？」

清定又是搖頭：「恩人們只是穿著尋常袍服，所用術法小僧也未曾見過，可能來自某些不出世的宗門。」

行吧，回去再催促段若一下，叫他快點查明傻兔子身世。

裴越要把那下咒的渣滓拎出來，直接種到泥土裡！

◆ ◆ ◆

挖光骨生花的情報，拿過凝華珠，裴越抱著傻兔子頭也不回地離開法華宗。

不過臨走前找了一趟淨覺大師，二話不說塞他幾個裝滿靈寶的萬納錦囊，還尊口大開說他收了一個不錯的徒弟。

畢竟傻兔子跟清定緣盡，再也不見，誇一下也不會少塊肉。

回到賢光山的洞府，段若已經來了，卻是獨自一人，信中叫他抓過來的煉丹長老和陣修長老不在。

有凝華珠在，傻兔子情況已經穩定下來。靈識探過一圈，除了骨生花外身體各處沒有異狀，看來再睡一下就會醒來。

所以沒有追究段若辦事不力，裴越把傻兔子抱進寢房安置在床上，給他好好蓋上羅祓，沉聲問道：「身世查探如何。」

尊主對待傻兔子稱得上無微不至，這是過去不可能出現的光景。

段若眉心緊皺看至出神，被尊主再問一次才反應過來，抹去臉上所有神色，平靜地說。

「已派人打聽過，雖然近十年來也有宗門世家的弟子公子行蹤不明，但經過比對並不是傻兔、不是兔子大人，他的身分目前還未有頭緒。」

尊主沒有說話，看著睡得正香的傻白兔子，指尖在床緣輕敲，半晌才丟一句：

「把所有不入世的宗門全查一遍。」

段若一愣，又是不著痕跡地皺眉，低頭稱是。

然後又被尊主當作工具人徹底忽視。

裴越拈起那顆凝華珠，本就清淨透明的小珠子在注入靈力後更是光潔明淨，隱約還有一股清聖蓮香。

得讓傻兔子時時刻刻、好好貼身戴著。

正要把凝華珠煉成項鍊，可裴越轉念一想：項鍊可不能完全貼在心臟上。

他略為思忖，覆手將珠子煉造。

弄成類似耳環的模樣吧，至於款式……

裴越腦中閃過一幕畫面：照夜殿的花田裡，傻兔子站在綠牆前，籠搖光的微微橙光映進他深深的黑眸裡，化作星河爛漫。

少年摘下透明的小果子，拈在指間，咬進嘴裡……

手中靈力流轉，停止，煉造完畢。

打開手，看著像是一枚吊著小小籠搖光的耳環，透明果實正是凝華珠。

裴越滿意一笑，掀開蓋在傻兔子身上的羅被，解開他的裡衣，露出左胸口的粉嫩乳頭。

然後把那籠搖光耳環、不，是乳環刺進乳尖。

沉睡的傻兔子在夢中感受到刺痛，哼哼唧唧想要翻身，被裴越輕輕按住。

「乖，不會疼，戴了才好。」

不過呼吸的時間，傻兔子乳尖多了一枚小巧精致的籠搖光乳環，橘紅的琉璃片下，透明的凝華珠緊貼跳動的心臟散發靈氣。

還呆在後頭的段若已經不知道先吐槽哪裡，問就是他不應該在這裡。

大乘劍尊就是這麼不看時機場合，肆無忌憚，任意妄為。

真帥。

如此帥的尊主，卻為這頭傻兔子陷落。

段若定定地看著尊主，眸光發暗，不知作何思緒……

第七章　鍾離

傻兔子第二天就醒過來。

醒來第一件事，是蹲在藥田裡吃草。

裴越看皺了眉。

他原以為傻兔子吃花草果實，不過是因為還殘留食慾本能。然而得知他體內被種下骨生花後，才明白他每次進食花草是因為身體劇痛難忍。

回想傻兔子以前無時無刻都在吃花吃草吃果子，那食量，那頻率，他得有多痛……

裴越看不過眼，尋來不少五品以上的靈丹，還帶傻兔子到有藥泉溫養的洞府，好舒緩他體內的疼痛，修復被花破開的血肉骨脈。

然而傻兔子又樂而不疲地默默吃了一個月，裴越才發現：他是真的愛吃……

裴越無話可說：罷了，就算吃光他幾十處洞府也沒什麼大不了。

反正吃的都是靈植，吃了也不怎樣，還對身體有益。

因為骨生花長至花期，也可能因為這兩年來吃了裴越太多靈植，傻兔子的神智恢復一些。

雖然還是傻傻呆呆、懵懵懂懂的，但眼裡多了幾分神采，也能咿咿呀呀地蹦出幾個字。

就是不會叫裴越的名字。

不知良心為何物的裴越依然喜歡欺負傻兔子，美其名是看他的骨生花有沒有繼續生長，實際上是要在床上哄傻兔子學會喊他的名字。

日日夜夜軟硬兼施又教又哄，最後傻兔子倔強地只會喊「劍尊」，而且連兩個字也喊得斷斷續續。

就是頭傻白兔子。

幸好的是，凝華珠確實有用，骨生花只長到耳後就沒有繼續開下去。

只是那籠搖光乳環很是招眼，敞開衣領時低頭就會看到。傻兔子不懂為什麼平常愛吃的果子會吊在胸前，有一次好奇地撥弄乳環，那一撓把自己敏感得全身發抖，嚇得他愣住半天，之後還不許裴越去碰。

裴越哪管他，經常把傻兔子摟在懷裡扯那枚小小的蓓蕾，愛不釋手地玩弄個爽，搞得傻兔子現在被玩乳頭也能高潮。

把骨生花摘了後，繼續留著這籠搖光吧，留一輩子。

裴越如此盤算，然後把傻兔子挾在腋下在九州各地四處遊歷，就那麼遊山玩水玩了個十年。

十年！

就算對修真者來說十年時間不算什麼，但你們未免也玩得太爽太忘形了吧!?段若心都枯了。

十年期間，燭嶺古都和修真界發生過幾次不大不小的糾紛，有些由段若擺平，有些不了了之。但是明眼人也能看出，修真界對燭嶺古都的排擠和挑釁越發露骨，這是他們有底氣的表現。

既然有底氣，也就代表他們養精蓄銳得差不多，有幹翻劍尊和燭嶺古都的實力和自信。

這值得讓人玩味，修真界培養人才和靈寶都是按百十年為時間單位，現在才僅僅十年他們就有足夠的資本叫囂，當中定有貓膩。

冥象樓老闆上官錦承尊主貴言，除了好好地做他的生意，同時也兢兢業業地履行他對尊主的情報蒐集工作。

傾天闕還真拉攏了一個底蘊雄厚的宗門世家，充裕了靈物寶庫，可奇怪的是竟然查不出那個倒楣世家叫什麼。

除此以外，修真界已經髒了，各門各派裡都藏有奸細，包括傾天闕，包括燭嶺古都。

有奸細不奇怪。

但全是為了搞死燭嶺古都，而且早在幾十年前已經布下，那事情就足夠蹊蹺古怪。

修真界想奪下燭嶺古都是不爭的事實，但肯定有人在背後故意搧風點火，挑起這份愚蠢的貪慾。

怕是跟策劃殺害修士剖丹之事，以及冥象樓私賣魔器是同一批人。

行吧，膽敢在劍尊頭上動土，看來是修煉了幾百幾十年把腦子都修壞了，傻兔子都比這些又毒又蠢的人聰明。

傻兔子的神智正慢慢恢復，已經清醒不少，也懂得說些簡單的話，哪怕說話也是安靜乖巧，深得尊主歡心。

所以這段時間裡，早就把人揣在心上的裴越不忘去查找傻兔子的身世，專門往隱世的宗門世家找。

湘西隱修「琉雲飛山」。

吟北祕境「廣寒京」。

青鴉淵九重靈池「月中天」。

……

裴越也沒想到，居然能翻出幾十個只聞其名卻不曾見過其人的宗門世家，一個比一個陌生，只好丟給段若繼續查探。

也曾把名單拎去問傻兔子，換來他茫然搖頭，神智是一點點回來，但記憶文風不動被鎖在深處，藏得比他的家族還深。

也不指望傻兔子能記起，他只要吃好玩好雙修好就行。虧得和大乘尊者十年來頻繁雙修，傻兔子在幾年前已經步入元嬰期，現在更是碰到境界瓶頸，處於半步出竅之境。單以修為來說，可比外頭不少修士還要厲害。

不過有劍尊在，哪怕傻兔子一輩子是最低階的練氣期也無所謂。

傻兔子就是傻兔子，他劍尊養得白白美美的可愛兔子。

平時不幹色色的事時，劍尊在青石臺上閉關入定，傻兔子在他一旁撫琴作畫。等劍尊待膩了一處洞府，他就拎著傻兔子再換一處——其實是傻兔子吃膩了花花草草，裴越帶他去別的洞府再吃其他新奇的。

大乘劍尊和兔子修士的修真生活就是如此樸實無華。

◆　◆　◆

晚夏與初秋交錯的時節，正是九州湘西的靈花花期，裴越帶傻兔子到沉月湖的洞府去，別人賞花，兔子吃花。

又是悠哉寧靜的一日，裴越在湖心亭裡入定修行，傻兔子在別院的寶物庫亂翻。

神智漸回的傻兔子多了不少技能，會巴巴地喊劍尊，會一看到劍尊眼神不對勁就落跑，會偷偷藏在床底不讓劍尊找到，會在劍尊的坐墊上放壓碎的果實聲討他沒良心的淫行，會拒絕畫畫報復要了他太多次的劍尊，會彈琴編小曲表達他對劍尊明明跟他說是最後一次卻騙了他的不滿……

還會閒著沒事偷翻劍尊的寶物庫。

靈識感知到徐徐而來的步伐，裴越勾脣一笑，不過多時就聽到那又輕又細的腳步聲。

「劍、尊……」

傻兔子說話還是磕磕巴巴，哼哼唧唧兩個字也能喘口大氣。他懂得裴越閉關入定時不好打擾，所以在湖心亭外停下來，規規矩矩地站好。

裴越這才睜開半邊眼，就看見一隻翻東西也能把自己的衣服翻亂的傻兔子，期期艾艾地盯著自己，純粹的黑色鳳眸甚是澄澈明亮。

他一笑，招手：「過來。」

乖乖走過去，被一把拉到乾元懷裡，傻兔子也不掙扎，很是習慣地坐在裴越腿上。

「這個……」

傻兔子捧起手裡的東西，讓裴越看看。

那是塊留音石，煉成星辰的形狀，散發冰藍色的凜凜華光。

裴越挑起眉頭，責備道：「用自己的靈力催動不行？非得本尊給你玩玩具。」

傻兔子巴巴地看著他，眼裡一貫地茫然又無辜。

這時候就懂得裝傻了。

裴越嫌棄地冷哼，可手裡拿起那掌心大的留音石，渡入靈力將之催動。

星辰閃爍，悠揚的曲笛聲從中響起，音色潤麗清脆，奏起一曲能看見星河浩瀚的壯麗樂曲。

宇宙之大，天道之廣，芸芸眾生不過是當中一顆微塵。

然而若是道心清朗，澄淨無垠，再小的塵埃亦可海納百川，映照星辰。

留音石雖然將曲中的意境道韻打了折，可仍然不損其中底蘊深厚的道法靈氣。吹奏此曲的琴修，是個道行高深，心境清明之人。

裴越一下子想起是誰。

那是個煉虛期的琴修，自稱辰淵道人，外表年輕儀表堂堂。他長得和和氣氣，性子軟軟綿綿，看著沒什麼攻擊性，很好哄騙欺負的樣子。

第一次見到辰淵道人時，他確實是被幾個不長眼的散修小輩圍堵打劫。

一個煉虛期大能被金丹期小輩打劫，說出去真的丟盡修真界的臉。裴越當時心情不錯——看戲看開心的，就順手碾壓了那幾顆小蝦米，幫了辰淵道人一把。

辰淵道人感恩戴德，不要臉也不要命地拉著劍尊，開口閉口就是要送他謝禮。裴越原本還挺後悔的，早知道晚個兩天才出洞府，或者別要心血來潮走人多的地方，就可以躲開這丟人現眼的傢伙。

不過聽到他吹奏的曲笛後，裴越馬上忘了後悔。

辰淵道人心境比星辰大海更要遼闊，無心凡塵。此處凡塵包括天道修仙，他不旨在修仙問道，只意在感悟道法自然。如此大道無為，連裴越也做不到，所以對他尤為欣賞。

辰淵道人心境不錯，曲笛也吹得特別好，可惜長了張嘴。

他是個話嘮。

特別愛說話。

還特別愛說他侄子的事。

『你可不知道我侄子有多可愛啊，天下第一無敵可愛！』

『我侄子去年突破境界了，五十年不到就步入化神期，只比我低一階。』

『他是個天才，還特別刻苦用功，一天十二個時辰都拿來修行，能不到化神期嗎？』

『不出百年，我侄子肯定成為天下最強修士，比劍尊還厲害，啊你就是劍尊。』

『對了，其實我侄子從小就聽我說劍尊的傳奇故事，可喜歡你了！不過我都是拿坊間那些奇奇怪怪的話本來說……』

『這回我好歹見到本人，回去跟他說的話，他一定會像小時候那樣纏著我不放，想想就開心！』

『唉，可惜他肩負家族重任，整個人比以前內向多了，還不能隨便出門，我多想帶他來見你啊。』

『所以你可以在這古琴上用劍簽個名嗎？我要送給侄子當禮物。』

……

真的，有夠話嘮。

話嘮到裴越當時都忘了煩躁生氣，幾十年過去還能記得這麼些雞毛蒜皮的瑣事。

這人只有奏樂可取。

裴越哂笑，正想把留音石還給傻兔子，手心倏然一涼，滴落一串水珠。

低頭一看，傻兔子竟然哭了。

他怔怔地聽著曲笛聲，俊美無儔的臉上流過兩行清淚，斷珠似地落在衣襟上，濺成層層疊疊的花。

這還是除了床事外，第一次見到傻兔子的眼淚。

一如既往地可憐，這回卻勾不起裴越半點淩虐慾望，反而心裡一緊，被說不明道不清的東西刺痛，問就是不想看到他在哭。

裴越替他抹過淚水，捏了捏傻兔子的臉，語氣裡帶有一抹他從沒想過的溫柔，啞聲問他。

「怎麼了，哪裡不舒服？」

傻兔子心神恍惚，等曲笛聲停下後裴越再問一遍，他才茫然若失地搖頭。

接下來一整天都鬱鬱寡歡。

裴越哄也哄不好，看此時天色已晚，想著先讓他睡一覺，要是明天還是悶悶不樂就再多哄一下。

修士在修煉後，靈力能維持肉體運作，無需再進食和睡眠。但傻兔子已經半步出竅仍然貪吃也愛睏，只要裴越不欺負他的夜晚就會把他拎到床上，用羅被把傻兔子包裹成胖呼呼的菜蟲，他在屋裡呼呼大睡，裴越在屋外閉關修行。

把憂傷的兔兔抱到寢房用羅被包好，裴越搓把傻兔子神情低落的臉，揉走殘留的淚痕，哄他入睡。

那一晚，傻兔子抱著辰淵道人的留音石，做了一個漫長熟悉的夢。

夢裡，那人在喊他。

宵兒……宵兒……

你還小，還是會睏對吧？

來，叔叔跟你說睡前故事……

嗯？又是劍尊的傳奇嗎，你可真聽不膩。

……

宵兒，這回遊歷我遇到了劍尊，確是天人之姿，神威凜凜。

劍尊意外是個風雅之人，可欣賞叔叔的曲笛啊。你的琴，師承自你的父親，彈得比誰都好，他一定更喜歡你。

若是你能出去，就能與我一同遊歷仙境，踏遍紅塵。

就能見到劍尊。

畢竟，你到現在還把劍尊掛在嘴邊。

你可仰慕他……

可喜歡他呢……

宵兒……

宵兒……

少宮主！

您叔叔不在了，您可要替他——
報仇！

正在入定的裴越猛地睜開眼。

抬頭一看，洞府之上黑雲翻滾，雷鳴震天。此時的天地靈氣銳利如刃，壓得每道風聲、每寸花草也顫抖低鳴。

有人要突破境界，渡雷劫！

裴越已經觸碰到大乘之境的天壁，要突破渡劫境界只差一線機緣，就看哪天跟傻兔子一起觸發。

然而這雷劫不是為他而來。

這洞府裡除了裴越，就只有傻兔子！

裴越瞬移到寢房，臉色一沉。

傻兔子早已醒來，卻陷入恍惚失神之中。明明此時正秋高氣爽，可他身上凝結一層雪霜，染上黑髮鴉睫，像是從大雪中走來。

他一看到裴越，渙散的瞳光聚焦成針！

——少宮主，您叔叔、辰淵長老他的本命燈滅了！

——他被殺了，是那人殺的！

——是劍尊裴越殺的！

翻手召來案桌上的盈月古琴，傻兔子一洗昨日痴傻，清麗的容顏此時面無表情冷如冰霜，肅殺之氣撲面而來。他懷裡抱琴十指翻飛，凜冽琴音化為無數銳利冰刃，狠厲地刺向裴越每一處命脈。

他想殺了裴越！

眼見他眼眸裡泛起魔怔血紅，裴越嘖聲：他心魔作亂了。

與此同時，雷劫落下，震裂頭上瓦頂，直往傻兔子腦門劈來！

要知道，境界突破是天道送來的獎勵，同時也是嚴峻的考驗！

若要踏入出竅期需要承受天道十八道雷劫，一道只比一道雷霆萬鈞。天地玄黃、宇宙洪荒至今幾千萬年，已有無數修士因境界不穩、因心魔入侵而被雷劫擊中，就此身死道消。

裴越不知道連記憶也殘缺不全的傻兔子有何執念，又為何對他動了殺心，此次暴走既是突破的機緣，也是殞落的心魔，要是沒有好好擋下雷劫，可會被劈沒了命！

可傻兔子現在只顧著殺死裴越，對頭上一道又一道銀光雷霆置若罔聞。

這兔子傻沒傻也不讓人省心！

裴越破開眼前冰刃，抽出同在案臺上的劍。頃刻間，劍氣如磅礴山河壓頂而來，輕易削斷出竅境界的天雷，替傻兔子擋下一道又一道電光。裴越又在他身上降下一圈陣法，護他周全同時也阻止他的失控攻擊。

傻兔子卻不領情，撥動琴弦以琴音粉碎身上陣法，窮追不捨地就是追著裴越打。

大乘劍尊自然還有餘裕，心裡一時失笑：都忘了，這傻兔子可是個陣修天才。行吧，本尊許你任性胡鬧，等破除心魔後可要做回乖兔子。

在冰刃的呼嘯下，十八道雷鳴震撼大地，最後在天下劍尊的利刃之下終焉殞落。

天道不會管是誰擋的天雷，只要雷劈完了人還沒死，就是成功渡過雷劫。

此時忽然寒風習習，吹散頭上黑壓壓的雷雲，天邊落下一絲華光，更落下紛飛大雪，庭園秋意在呼吸間披上純白畫布，從沒栽種過的梅花在枝頭綻放，漫開陣陣清幽暗香。

是天道贈與的祝賀，傻兔子成功突破，踏入出竅期。

神智不清下境界突破，傻兔子一時吃不消，噗地吐出滿口鮮血，神色回歸茫然無神，身體搖晃幾下後不支倒地。

摔倒地上前，被裴越接在懷裡。

天邊華光散盡，庭園冷雪融化，只留下不合時節的紅梅沾上雪水，以頹靡之勢勉力綻放。

就跟傻兔子一樣，明明腦袋空空，還硬要張牙舞爪地亂來。

裴越心思浮躁地輕嘆，就算不用靈識探查也知道傻兔子體內百般勞損。渡入靈息為他修養調和，回想剛剛所發生的一切，裴越神色越發凝重。

傻兔子好幾次都不是主動突破，境界修為雖比不少修士高，但也比其他人更不穩定。現在還被心魔入侵，下次醒來後恐怕依然陷在混沌念海中。

要拔除心魔，得要知道他的執念是什麼。

裴越看向滾落地上的留音石，劍目流過銳光。

難不成，他和辰淵道人相識？

昨天聽過曲笛後傻兔子已經不太對勁，裴越就算有放在心上，最後還是大意了。

繼續以靈息溫養懷裡的傻兔子，幾回晝夜輪轉後，人還沒醒來，有人卻風風火火地來到。

「尊主，出狀況了。」

段若從燭嶺古都日夜兼程趕來，看到遭受雷劫後混亂不堪的洞府，以及尊主神色不悅地抱著昏沉的傻兔子，段若原本難看的臉色又沉了幾分。

「傾天闕掌門陵均子和吟北廣寒京的宮主，正帶著五百修士往這裡趕來。」

能讓段若親自來告，肯定是難搞的事情。裴越得知是陵均子來到還置若罔聞，然而聽到後者時挑起眉角，沉下聲線問。

「廣寒京？」

吟北極北有一處古老的祕境仙地，名為廣寒京。

與燭嶺古都一樣，廣寒京是修真界少有的隱世寶地，從千萬年前起被天然的雪山幻陣封鎖入口，由鍾離一族世世代代隱居守護。他們以冰川為界，遺世獨立，哪怕九州覆滅、魔妖禍世也不輕易踏入俗世。

廣寒鐘離行清修之道，恪守清規三千，族人稟性清高風雅，性子多為清冷寡淡。

若說燭嶺古都不問世事是因為孤傲不群，那廣寒京就是孤芳自賞。

然而廣寒京鍾離一族竟然入世了？還往這裡趕來？

猛然靈光一閃，裴越看向懷裡傻兔子，心中某個猜想瞬間成形。

難不成這傻兔子……

念想剛起，洞府外忽然一道洪亮聲音如雷灌頂，來自大乘期修士的靈力威壓如山，隔著幻陣撼動天地。

「請劍尊裴越出來，本尊有事相談！」

「那個陵均老狗！」段若神色一變，體內金丹被大乘境界的震天靈威壓得隱隱作痛。

他在十多年前剛突破合體期不久，就在某次歷練中與人死鬥受了重傷，金丹給破出裂痕，直到現在還沒完全休養好。現在被這麼一震，舊傷未癒又添新傷。

段若咬牙吞下痛楚，憤恨道：「這是什麼請人出來的做派？只會做些門面功夫，不入眼的俗事可是在背後一幹一大把！」

換著過往，就算天道老子來了裴越也不當一回事，更何況這狀況是陵均子搞出來的，裴越更不屑一顧。

然而，廣寒京也來了。

湘西是雲山傾天闕的據地，約莫知道劍尊在沉月湖有一處洞府。數天前傻兔子渡完雷劫後天降異象，天道對每名修士的突破祝賀盡然不同，怕是傾天闕的人看到後轉告吟北廣寒京，認出是傻兔子的渡劫異象才趕過來。

傻兔子是廣寒京的人。

鍾離一族來要人了。

正好，裴越也想與之一會。

畢竟給傻兔子種下骨生花的人，就在其中！

把傻兔子安置在床榻上，體貼地蓋好羅被後，裴越命令道。

「看好他。」

說完，裴越拂袖而去。

沒有看到身後的段若，定定地凝視床上的少年。

眼裡冰冷，憤恨滔天。

◆　◆　◆

沉月湖外，浩浩蕩蕩來了五百名修士。

傾天闕一身「紫雲掩山」的青袍，傲骨凜凜。

廣寒京一襲「蒼冰雪月」的白衣，飄逸出塵。

為首的傾天闕掌門陵均子長相威嚴端正，體格雄偉壯實，身上大乘乾元的靈壓氣勢逼人，不怒而威。

天底之下，大乘期修士不止裴越一人，某些大宗門大世家的執權者已經登上大乘之境好幾千幾百年，再不濟也得是個合體期。

然而唯獨裴越一人，僅以五百年已成為修真界最年輕的大乘尊者，更是現時最接近渡劫飛升的鬼才修士。

若是裴越能突破境界，將會是三千年來、天上天下唯一的渡劫大能。

劍尊身穿紋有「暗浪逐月」的黑袍，墨色玉冠束起天絲銀華，超塵絕俗踏風而至。

百十年前曾是修真界人人敬畏仰慕的對象，此時在眾人眼中已跌落神壇成為邪道叛徒，看向他時只有單純的畏懼和憎惡。

明明裴越已經站在對面，凌均子還是扯開喉嚨說話，一字一句聲如洪鐘，他身後修為不太夠看的弟子都被吼得五官皺成紅棗。

「裴越！本尊今日率領傾天闕道眾，與廣寒京一同向你討個公道！十二年前——喂，你看哪！本尊正跟你說話！」

裴越眼角不甩一個，看向掌門身旁一名仙風道骨的白袍道人，冷聲問：「你是廣寒京宮主？」

男子俊美如玉，謙謙君子氣度儒雅。聽見裴越毫無溫度的提問，他不卑不亢地手抱太極，回道：「本君乃吟北廣寒京宮主，鍾離笙，道號望水道人。此次本君與一百三十八名廣寒京族人前來與劍尊一面，是為——」

話鋒一轉，他斂去身上的溫和靈氣，身後一百多名清風凜月的鍾離族人跟著升起冷冷的仇恨之火，化作冷銳刺針，直指裴越。

鍾離笙口吻冷卻下來：「為廣寒京本家長老，鍾離淵、辰淵道人之死討回公道！」

修士被殺剖丹之事。

那是十二年前所有紛爭的導火線。

幾十名死去的修士當中有一名寂寂無名的琴修，沒人知曉他所屬何門何派，卻是化神之上的煉虛境界，底蘊深厚，修為甚高。

他卻死了。

煉虛大能竟被擊殺剖丹，殺人者其修為必在他之上。

縱觀整個九州大陸，三千宗門裡煉虛境界以上的修真者不足千人，然而當中無人認識死者，不存在血海深仇，更不會用如此慘無人道的方法殺害同道。

有人聲稱，與之前幾十位遇害修士一樣，那名琴修死前曾與燭嶺古都的人有所接觸。

而且是劍尊裴越。

當下眾人明瞭，這些年來不是說燭嶺尊主修的是魔道嗎？無仇無怨之下殺死比他低兩個境界的煉虛大能也不足為奇！

然而，這些不過是幕後黑手為了侵吞燭嶺古都、掰倒天下劍尊而四處散播的謠言。修真界裡知道實情卻裝聾作啞的大有人在，剩下的門派不過是被假象蒙蔽，現在還糊裡糊塗地被當作槍使。

廣寒京族人在祕境中長年封閉，不問世事，只能人云亦云，更認定一連串虐殺是裴越和燭嶺古都所為，悲憤交加地指責：「死的這名琴修，可是我們宗門本家的辰淵長老，是你在十二年前殺的他！」

又有一人喝罵道：「廣寒京有雪山大陣守門，萬年冰封難以進出。這幾百年來也只有通曉大陣陣法的辰淵長老出外遊歷，卻被你這虛偽的外道給殺人剖丹！」

裴越在熙熙攘攘的吵鬧聲中捕捉到這番話，這和他所知的事實有所矛盾：如果百年來只有辰淵道人離開廣寒京，那與魔大戰時，佛修清定遇到的傻兔子父母又是怎麼一回事？

再者，他現在才知道辰淵道人居然死了？而且被捲入陷害燭嶺古都的修士被殺剖丹之事。

裴越確實跟他見過兩次。一次是數十年前第一次相識，辰淵死活要給他吹曲笛，再吹他侄子有多棒。

第二次，的確是十二年前。

是辰淵道人找的裴越。

那傢伙依然不要臉也不要命，竟敢往燭嶺古都發邀請函，叫劍尊去廬山聽他新作的曲子。

恰好那時裴越回去燭嶺古都一趟，從段若手中發現這封令人啼笑皆非的信函。雖然不喜凡塵俗世，但為了聽曲，裴越還是前往一聚。

然而剛進廬山，辰淵真人就說家中恰逢巨變，急著回去找侄子，無暇為劍尊吹奏一曲，只好送他一顆留音石做為補償，並說好下次再約。

氣得裴越把廬山給削了。

卻沒想到，那是與辰淵道人的最後一面。

他死在回廣寒京的路上。

陵均子此時開口：「裴越在外遊歷數百年，去的都是雲海仙山，何時見過你出入俗世，還與他人結交？」

他目露凶光，厲聲道：「你的目的除了辰淵道人的金丹，還有在他背後的廣寒京！」

眾人更加明瞭，獨占一個祕境還不夠，劍尊還想再奪一個！

廣寒京眾人憤恨難當：「辰淵道人可是本家長老，如今不僅被你裴越所殺，我族祕境仙地還遭邪道覬覦，你不配天下劍尊之名！」

「今天哪怕要打破廣寒京千萬年來的清規，我們也要出來昭告天下！殺人償命，裴越你應當自毀金丹——」

話音未落，忽被颳來一陣猛烈劍風，那兩個嚷嚷的廣寒京修士倏地被吹飛半空，一個撲通墜入沉月湖湖心，另一個說要殺人償命的直接摔飛沉月湖外。

前後不過半秒時間，猝不及防得讓廣寒京眾人大駭：這人怎麼回事？說動手就動手，連個招呼都不打⁉

傾天闕眾人看見裴越擺出一副「打你就打你還用挑日子嗎？」的臭臉，早就見怪不怪，天知道他們被裴越二話不說削了幾千幾百回了。

裴越勾起嘴角，皮笑肉不笑：「什麼時候開始，本尊的名諱可以隨便掛在無知小輩嘴邊？」

說著又是一道凜冽劍氣，吹飛了傾天闕大半修士。他們原本好好地在邊上看戲，下一秒突然暈頭轉向，撲通撲通往沉月湖下餃子。

陵均子氣歪鼻子：「裴越你這宵小之徒！無緣無故掃飛本尊的人作甚！」

劍尊揚劍，把剩下的也送去下餃子：「本尊配不配劍尊之名，容得你們這些小輩多嘴麼？」

「裴越你！存心無視本尊是吧！」

現場被劍尊搞得一團亂，傾天闕的人剛爬上水又被打下去，陵均子怒不可遏出手阻止，反被劍尊震退湖外。

一旁的廣寒京先是目瞪口呆，再來瑟瑟發抖，這才懂得天下劍尊的實力有多霸道強大，不敢再跟喜怒無常的劍尊叫囂，生怕下一批在沉月湖浮浮沉沉的餃子就是自己。

只得鍾離笙輕咳一聲，把失控的場面拉回正軌。

「廣寒京此次前來只想與劍尊好好交談，無意動武。」

像是聽到天大的笑話，裴越看向那儒雅高潔的宮主，冷冷道：「剛才不是說要跟本尊殺人償命討個說法嗎？既然認定本尊殺害辰淵道人，又如何好好交談？」

「聽劍尊所言，您不承認人是您殺的？」

廢話。

浪濤般的殺意倏然席捲而來，眾人被撲出一身冷汗，只得頭皮發麻，不敢動彈。

劍尊立於眾人之巔，戾意劍氣化作烈風霍霍。逆光之下，銀華白髮飄搖，黑袍衣角翻飛，極是盛氣凌人。

「誰殺的辰淵，本尊自會掘地三尺把人揪出來，將之挫骨揚灰。」

傾天闕有個剛爬上水的傻子閒不住嘴，頭上掛著水草吼聲：「人就是你殺的，何必惺惺作態，怕不是想找個替死鬼——」

又被打落水狗，這回飛得更高更遠，在水裡吐出一灘血花。

鍾離笙抹過下頷的一道冷汗，搖頭嘆息：「何必呢？十二年來廣寒京已查證多遍，以辰淵長老的修為、他屍首上的劍氣和當日人證所指，加上劍尊如此性情，修真界裡再找不出其他疑犯。」

「本尊不過知會一聲，何須爾等同意？」

裴越的劍風已經削到鼻尖，鍾離笙又是搖頭嘆息：「不過辰淵長老之死確實疑點重重，再三翻查未嘗不是好事。此事理應查明真相，以祭辰淵長老在天之靈……」

陵均子聽得五官都移位了，怎麼一個兩個都屈服在裴越的淫威下!?

「廢話少說。」裴越渾身上下全是不耐煩，可不想再跟他們拉扯，「廣寒京的宮主，除了辰淵的死，你還有別的事要找本尊吧？」

鍾離笙為之一怔，沒想到裴越是主動提出這事。

「本君其實是廣寒京的『代』宮主。」鍾離笙抱袖頷首，原本溫和的目光閃過一片冷銳。

「廣寒京少宮主已離京多時，請劍尊速速歸還！」

第八章 宵雪

若說「瑞雪兆豐年」，那麼吟北的極北之地一年到頭都是豐盛年。那裡終年大雪，雪花紛紛揚揚，朝朝暮暮，從沒有停下的一刻。在白雪連天的盡頭，是綿延不絕的雪山冰川。

廣寒京就在這片銀白山河的深處。

千萬年來，鍾離一族獨守在無垠冰雪中與世隔絕。他們恪守清規，不輕易離開廣寒京，連踏出一步的念想都沒有。當然，也因為廣寒京外有雪山大陣，裡面的人難以出去，外面的人尋不著入口進來。

然而不論如何無慾無求，還是有人對外面的世界心生嚮往。

辰淵長老說：世界那麼大，我想去闖闖！

鍾離淵花了一百年研究雪山大陣，還真被他闖出去。

他大喊一句「原來我跟阿笙一樣也是陣修天才！」，從此奔向自由的世界。

鍾離一族以琴修和畫修為本，多是生性恬靜的文人雅士，怎麼就生出這麼一個話嘮又多動的奇葩呢？

宮主鍾離溯拿這傻弟弟沒辦法，任由他放飛自我。

鍾離淵像頭不懂得回家的狗子一樣在紅塵俗世盡情撒歡，每個月都給阿笙寫信，分享沿途風光見聞和又被修士小輩打劫。阿笙說想念淵哥哥，喊他回家喊得喉嚨都破了，鍾離淵依然樂不思蜀。

直到老哥和大嫂鏡花夫人誕下麟兒，鍾離淵才歡天喜地趕回來。左一句「我侄子真可愛」右一句「我侄子真俊俏」，抱起剛滿月的小嬰孩舉高高，然後被鏡花夫人用仙筆把他沉到冰川裡，解救被抛到冰峰上的兒子。

雖然老家還是白茫茫冷冰冰又空蕩蕩，規矩繁多，日子無聊，不過老哥跟大嫂鶼鰈情深，小侄子健康可愛，阿笙也在分家過得越來越好，廣寒京還是挺不錯的。

如果沒有發生那些事。

兒子出生不到十年，宮主夫妻雙雙失蹤。

收到阿笙的傳信後，鍾離淵瘋了似地趕回廣寒京，抱住哭成淚人的小侄子，心臟被撕碎一地，痛得血流成河。

他留在廣寒京，一邊發散人手在無邊無際的雪境內尋人，一邊照顧可憐可愛的小侄子，在阿笙的輔助下暫代宮主一職。

而老哥和大嫂依然尋覓無果。

然後在某一年，也就是修真界正值與魔大戰之時，宮主鍾離溯和妻子鏡花夫人兩人的本命燈忽然——

滅了。

老哥和大嫂他們，死了？

鍾離淵如墮冰潭。

阿笙不容許他一蹶不振。

淵哥哥，人死燈滅，你還有少宮主要照顧，你還有我啊。

鍾離淵難受得幾欲落淚，問阿笙：如果你們也走了，我該怎麼辦？

阿笙說：我會一直在這裡，一直在你身邊，永生永世……

鍾離淵繼續留下來，但每當看到原本恬靜親近的小侄子看著父母熄滅的本命燈越發內向疏離，他實在撐不下去。

不出幾年，鍾離淵還是離開了廣寒京。

他拋棄廣寒京，丟下小侄子，阿笙一定很生氣，對他很失望……

鍾離淵離開後，小侄子雖然已到化神之境，但資歷尚淺，所以由從分家遷入本家的鍾離笙暫代宮主一職。

期間鍾離笙不停給鍾離淵寫信，喊他回來當真真正正的宮主，鍾離淵還是充耳不聞。

他不忍再看到小侄子古井無波的鳳眸裡，那一絲了無生氣的悲傷。那孩子小時候明明那麼可愛，那麼愛笑，再傷心的時候只要聽到他說劍尊的故事，就會開心起來。

哀愁之際，鍾離淵遇見了傳說中的劍尊。

他可開心了，拚了小命拉著劍尊不放，給他吹曲子說垃圾話，就是想讓他在獨幽古琴上簽個名，拿回去哄心愛的小侄子開心。

果然，小侄子高興得臉上冰雪融化，閃撲撲地眨巴眼睛，看了看古琴，又看了看多時不見的叔叔，最後忍不住破了清規，不顧儀態地撲向叔叔。

破了清規的還有鍾離笙，已有宮主威嚴的他同樣撲過去，抱住鍾離淵，緊緊地抱著，半晌才嘆口氣說：你終於回來了。

鍾離淵可害怕了，還以為阿笙會先揍他一頓，然而當他抱住懷裡微微發顫的青年，鍾離淵心裡軟成溫水，摸摸他腦袋，像小時候那樣安撫他的阿笙。

不過這回鍾離淵沒有久留，還動了帶走小侄子的念頭。

但懂事的小侄子斷然拒絕：叔叔喜歡外面的世界，那就別困在雪山裡，盡情去做自己想做的事吧。我會努力修行，努力學習，當一個讓你更放心遊歷的出色宮主。

如是，鍾離淵再次離開廣寒京。

春去秋來又幾載，他除了寫信騷擾代宮主鍾離笙，還膽子賊大地寫信去約劍尊。

每隔一段時間就寫一封，寫了好十幾年，不管劍尊有沒有回信他都到廬山等一個月，等不著人就開溜。

日子過得和和美美，愉愉快快。

直到十二年前，在遠遠看到劍尊擺著臭臉御劍飛來廬山同時，他收到鍾離笙的快信。

信裡說，有外敵破了雪山大陣，潛入廣寒京偷東西。

偷的是主殿的寶物。

前宮主的古琴，和前宮主夫人的仙筆。

兩人失蹤得突然，沒有帶走自己常用的靈器，被少宮主珍而重之地保存在主殿，留作最後的念想。此時父母的遺物被偷，少宮主知道後震怒不已，隻身一人追捕惡賊，其他族人攔都攔不住。

鍾離淵想起了老哥和大嫂，他們的本命燈。

他生起不好的預感。

跟削了廬山的劍尊匆匆拜別，鍾離淵一路向北，趕回廣寒京看小侄子。

卻在路上被一名合體期的劍修襲擊。

鍾離淵自問行走修真紅塵兩界三百載，從未與誰結過怨，然而此劍修一上來就招招封喉，不死不休。

雖然鍾離淵修為深厚，但與合體期相比自然難以與之匹敵，哪怕拚命抵抗，儼然不敵身經百戰的合體期劍修。

苦戰三天三夜後，他的本命燈滅了。

鍾離淵死前在心裡祈禱：只求小侄子別要守在他的本命燈前，第二次親眼目睹親人的燈熄滅，那得多難受啊……

後來，鍾離笙親自出去，尋回淵哥哥的屍首。

辰淵長老被剖去金丹，魂飛魄散，難入輪迴。

除了殺他的修士，沒有人知道辰淵長老的死亡真相，只有吹不散的風言風語。

聽說，他最後見到的人是劍尊裴越。

聽說，辰淵長老身上全是劍尊的劍氣。

聽說，劍尊已入魔道。

是裴越殺了鍾離淵。

小侄子不想相信叔叔死了。

不想相信叔叔此生不入輪迴。

不想相信殺他的，是他素未謀面卻最是敬仰的人。

雪上加霜的是，廣寒京的雪山大陣被毀了。

那些來偷前宮主夫妻遺物的賊人修士，竟然是廣寒京一群分家族人帶進來的。他們如何在封閉的廣寒京裡與外界互通消息，他們又如何裡應外合破解雪山大陣，眾人不得而知。

只知道那些分家族人資質普通反而怨恨本家，聯同外人打算搶盡廣寒京的天材地寶。此時雪山大陣被強行破解，損毀大半，入口也暴露出來，那些賊人修士的同黨也趁虛而入。

廣寒京雖然道風悠久，但本家分家加起來不過七百多人，當一群烏合之眾闖進來時，與世隔絕太久的他們反而被打個措手不及。

少宮主顧不上悲傷，拿起他的古琴和仙筆誓要幹翻這群狗東西，眾人也緊隨而上，原本和平寧靜的廣寒京陷入前所未有的混亂之中。

直到鍾離笙鎮壓住所有叛徒和賊人，廣寒京的騷動漸漸平息，眾人才發現——少宮主不見了。

為首的分家叛徒含血大笑：他們幾十個修士一起圍攻少宮主，奪走他的古琴仙筆，撕了他身上的陣法道袍，斷碎了他的靈脈金丹，用偷來的捆仙索綁住他，把他推下萬丈深淵！

本家的人都不得好死！他既然是少宮主，那就第一個死吧！

萬幸的是，少宮主的本命燈沒有熄滅。

只是廣寒京祕境之下又是綿延雪山，無垠無盡，通向九州萬里山河。鍾離笙尋思他們對外界一無所知，難以在茫茫塵世間尋人，只好打破清規踏入修真紅塵，向第一宗門傾天闕求助。

當時正逢修真大會，劍尊裴越以三道劍氣把修真界劈個元氣大傷。傾天闕掌門陵均子一邊被裴越氣到吐血，一邊答應來自隱世祕族的求救。

裴越現在是修真界的叛徒，天下唯一的公敵，他既然殺你們長老，修真界將以傾天闕為首，定會為你們討回公道。

至於你們的少宮主，他們會動員所有人力把他找回來，你們在廣寒京安心等著吧！

廣寒京對此感激不盡，雖然還沒宰殺裴越，也還沒找回少宮主，但為表謝意，他們掏出部分靈器寶物助修真界恢復元氣……

這麼一等，就等了十二年。

直到數天前湘西沉月湖忽然雷劫轟動，天降異象。

華光穿雲，大雪紛飛，紅梅遍野，是少宮主突破境界的景象。

傾天闕弟子看到後速速上報，轉告廣寒京。

不過數日，陵均子和鍾離笙率人前來沉月湖，向裴越討公道也討人……

姑且明白事情的來龍去脈，裴越揉了揉青筋突突的額角：還是廢話太多。簡而言之，傻兔子是廣寒京的少宮主，遭智商欠費的白痴分家背刺，被弄個半死丟下懸崖，一路滾到萬月霜嶺。

最後由裴越把破破爛爛的傻兔子撿回來，一養就是十二年。

那骨生花呢？

是哪個狗雜種下的？

沒想到裴越連骨生花也知道，鍾離笙臉色難看：「這與劍尊無關，請把少宮主歸還——」

他退後半步，躲過凌厲劍氣，低頭看了眼被削下來的一綹額髮，嘆氣道：「禁咒是那個把少宮主推下懸崖的叛徒所下的。」

「人在哪裡？」

「依照廣寒京清規，已經處死了。」

裴越戾氣震天：「下咒者已死，如何解咒？」

鍾離笙搖頭，說：「不知劍尊從何得知此禁咒，但也知之甚少。骨生花在外不可解，不過只要回到廣寒京，就算不是下咒者也能解開。」

裴越冷笑：「本尊如何相信你？」

「不可信的是劍尊您。」

只要提及少宮主，劍尊總是一副護短的強橫態度，有時神情會不自覺地柔和下來。鍾離笙早已看出端倪，悲憤地指責：「您對少宮主做過什麼事，想必您心知肚明！」

裴越少有地神色茫然：他對傻兔子做過的事？啪啪？人是他啪的當然心知肚明啊，這有什麼問題？

陵均子特別沉不住氣，一掌拍出撼動天地的威壓：「多說無用！既然你不肯交還，那就由我們奪回來！」

說完，傾天闕率先一擁而上。

吵死了。

裴越耐性耗盡，手中劍意迸發，正打算把所有人直接橫掃出湘西時，有誰驚訝大喊。

「少宮主來了！」

眾人循聲望去，沉月湖邊，竹林深處，石階之上，佇立一名清俊昳麗的少年。他黑髮如墨，白衣勝雪，身上還披著裴越給他蓋的鶴紋紫黑羅被。清風吹亂他的髮絲，揚起衣袍被角，少年出神地看向湖畔遠方，那身影孤寂空寥。

此時斜陽落盡，天地為他鍍上最後一層瑰麗璀璨的琥珀色，有他在的地方一切如仙如畫。

哪怕是廣寒京的人也一時看痴傻了，他們的少宮主從來也是清風朗月、高潔凜然，何曾見過散發如此迷離朦朧之美？他就像鏡花水月、霧裡看花，比以前更加可望而不可及。

唯獨陵均子看到傻兔子時睛光放亮，竟比鍾離笙早一步撲向傻兔子，想要把他奪回。

自然有人更快！

劍風切裂大地，生生把陵均子削飛十丈之外，裴越恨不得追上去把那老東西切片涼拌。可身體遵從本心，下一秒已經來到傻兔子身旁，把他連兔帶被抱起來護在懷裡。

段若跟隨在後，低頭請罪：「尊主恕罪，是我一時失職看不住他，讓他跑出來——」

裴越瞥他一眼，只消一個眼神，狠厲的劍氣如泰山壓頂，把段若壓跪地上，石板階梯震碎出蜘蛛網紋。

「堂堂燭嶺合體期長老，真看不住一頭剛破出竅期的兔子？」

尊主眼裡是審視，是狐疑，冷厲且滲人，段若心虛地不敢直視，更不敢回應。

眼見劍尊把少宮主擄在身下，那肢體相貼，那萬分愛護，看來意外地對他用情不淺，更絕不輕易放人。

鍾離笙神色冷冽：「本君與族內門人不惜違反廣寒京眾多清規，一為辰淵道人之死討回公道，二為帶回辰淵道人最疼愛的親人。此次前來我們確實不願動武，但也預料到最糟的結果。若再不還人，我們必定與你玉石俱焚！」

被拍飛的陵均子也趕回來怒號：「裴越殺人擄人，其心可誅，殺了便是！」眾人也不怕變成下水餃子，此起彼落地聲討。

「快把少宮主還來！」

「你殺死我們辰淵長老，覬覦我們廣寒京！」

「還糟賤、咳，殘害我們少宮主！」

「裴越納命來！」

裴越已經煩躁透頂反而六根清淨，現在拎著一頭傻兔子也懶得動手，揚袖掀起強烈劍風，打算帶著人就此離開，管他們愛啥喊啥。

然而胸前衣襟被扯了一下，裴越低頭，對上傻兔子的眼睛。

深邃的墨色鳳眸一如既往地目光迷離，卻泛起微微神采，是神智漸回的訊號，像霧色裡一抹隱約的明光。

傻兔子扯著裴越的領口，訥訥地喊他。

「劍、尊，裴越……」

這不是高興的時候，但裴越就是忍不住勾起嘴唇，回以低聲：「嗯？」

傻兔子下一句卻是茫然的疑問。

「是你嗎？你……做的？」

——少宮主，淵哥哥他、您叔叔死了……

——宵兒，你可曾想過，陪叔叔去見見劍尊？

——劍尊謀害本族長老，殺人誅心，我們廣寒京與他誓不兩立！

——不過叔叔也怕你見著他會失望，哈哈，他聲名那麼差是有道理的，脾氣確實太糟了。

——所有罪證都指明，淵哥哥正是被劍尊裴越所殺，少宮主您為何不信，為何不信？

——但叔叔相信，他終究是個有原則的人。

記憶支離破碎，如利刃劃破每一道神經，比千刀萬剮還痛，比骨髓生花還痛。痛不欲生之際，有誰緊緊抱住他，一直抱著他。那是一道熟悉得讓人生氣的懷抱，卻是厚實燙熱地予他安撫，任他沉淪，幾乎要被淹沒其中，一點點撫平傷痛與混亂。

「鍾離宵！難道你要在這人懷裡忘了他的死嗎？」

意識之外的一道厲聲喝醒了他。他猛然睜開眼，眼白渲染了入魔的紅，錐骨割肉的痛如雷電般從腳踝攀升至腦後，梅花瞬間開遍全身，最後在眼角綻放！

裴越大駭：鍾離笙的話不僅讓傻兔子陷入心魔，靜止十年的骨生花也再次野蠻生長，乳尖上的凝華珠壓也壓不住！

連忙渡入靈力壓制暴亂的心魔和禁咒，然而掌心剛覆上傻兔子的胸口，卻炸來猛烈的暴風雪！

裴越猝不及防地被推開，剛穩住腳步，耳邊響起凌亂琴音，無形風刃迎面而來。

以劍破開，裴越抬頭一看，只見傻兔子處於心魔混沌中，他直接以晚風為弦，彈奏琴音散亂的奪命曲，意識渙散地喃喃自語。

「裴越……」

「天下人都說，是你殺的……」

「可叔叔他，說相信你……」

「叔叔他不在了，他也不在了……」

「我該怎麼做……」

嘴上在迷茫，可手裡絕不含混，少年每一道殺招也直往裴越而來。

裴越怒極反笑：就是頭傻兔子！

還能怎麼辦？

有他在，會護你一世周全，排除一切災厄。

你什麼都不用做，留在他身側就行！

視琴音利刃如無物，裴越上前一把撈起在執念中迷途的傻兔子，只是剛觸碰到一綹散髮，卻被閃耀華光的陣法取而代之。

鍾離笙雖然只是合體期，可陣法修為驚為天人，甚至能看出傻兔子正是師承於他。他不僅把少宮主的心魔和禁咒暫時壓制，還將他催眠入睡，拉回廣寒京的陣營裡。

竟有人敢在他面前擄人，裴越劍意滔天，沉怒道：「他是本尊的人，給本尊還來！」

陵均子也跟著暴起：「你這荒淫齷齪的孽障可夠了，真有臉搶我們的東西！」

這話聽著蹊蹺奇怪，可裴越來不及細想就被鍾離笙打斷。

「劍尊，少宮主現在情況危急，必須回廣寒京除心魔、解禁咒。若是想要他活下去，就別再阻撓了。」

裴越佇立原地，目光危險地審視鍾離笙，身上戾氣狂嘯不止。

一直在旁的段若也噎著血，低聲勸說：「尊主，他是廣寒京的少宮主，不可能留下來了。」

瞥他一記眼刀，再次把段若壓跪地上，嘴角又吐出血來。

裴越回頭，目光越過鍾離笙落在沉睡的少年身上，鴉睫低垂像兩把烏黑的小扇子，在雪白肌膚上留下淡淡的影子。單薄的胸膛隨著呼吸微微起伏，睡得竟有些香甜，跟平時團在床上睡覺沒兩樣。

原本冷厲的目光溫柔幾許，裴越連口吻也淡然下來。

「讓他回廣寒京，骨生花真可解？」

「自然。廣寒京需要少宮主，本君絕不讓他就此喪命。」

沉默半晌，劍尊斂去身上戾氣殺意。

是讓步的意思。

陵均子鼻息一哼，朝弟子揚手，傾天闕的人連忙護送廣寒京離開。

雖然與劍尊不共戴天，但傾天闕還沒打算現在開戰，今天只是來幫廣寒京踩場子和討人。

不過幾息時間，沉月湖歸於寂靜。

傻兔子被帶走了。

裴越胸口發悶，這感覺還是五百年來的第一次，像被掏走一塊心頭肉，牽走了一魂一魄。明明看著完好無損，可只有他知道，自己的肉體和靈魂已不復完整。

裴越失笑，一切都是遲來的醒悟。

原來他栽了。

他喜歡傻兔子。

看見尊主神色微妙，甚至不著痕跡閃過一絲情動。段若深感不妙，連嘴邊鮮血也忘記抹去，啞聲問：「難不成，尊主您還想把他要回來嗎？」

裴越斂起笑意，口吻漠然：「他是本尊的人，早晚得回來，而且本尊會讓他自己回來。」

若那個代宮主所言非虛，想來下次再會時，他的傻兔子就會變成聰明兔子呢。

還挺值得期待。

段若跟了尊主那麼些年，如何不清楚裴越此時的心思？只得焦急地勸說：「尊主請三思，他不再是那頭兔子，身分已然不同。而且他原本還是坤澤爐鼎，輕易招來不少麻煩，尊主實在不該再與他扯上關係。」

這麼一提醒，剛剛陵均子的言行確實透露出古怪，怕是已經知道傻兔子是爐鼎。

這說明什麼？

陵均子會幫忙廣寒京，看來是對傻兔子別有用心。

可他如何得知傻兔子是坤澤？

怕是廣寒京的人，甚至是那個所謂的代宮主有意透露。

那個叫鍾離笙的，看似滴水不漏，可渾身上下總有種說不清道不明的奇怪。

為辰淵道人討回公道和找回流落在外的少宮主，兩件事對廣寒京而言十分重要，但當中仍有緩急輕重之分。

正常而言，鍾離笙最先開口討回的應該是仍然在世的少宮主，可他卻費盡唇舌，執著於已死的辰淵道人身上，把少宮主的事置於一旁。

可憐的傻兔子，哪怕回到家裡還是不好過啊。

原本還打算以靜制動，等哪天修真界想不開、要開戰了他才操他媽的幹回去，可現在裴越不等了。

他要連同廣寒京在內，傾覆修真界，把傻兔子帶回家。

裴越言出必行，馬上動身，御劍回燭嶺古都。

段若看懂尊主的打算，剛剛的焦慮一掃而光，欣喜若狂地跟上去。

裴越瞥見，問他：「你很高興？」

段若喜形於色，興奮同時很是鄭重地說：「修真界早已腐敗不堪，也只有尊主能將之肅清。能等到尊主出手是我此生榮幸，段若願緊隨尊主身後，赴湯蹈火在所不辭！」

「肅清？」裴越側目，對這荒唐的字眼一笑置之，「修真界是興是衰、是存是亡，又與本尊何干？」

他不過是清除路障，方便那頭傻兔子回來罷了。

裴越話鋒一轉，冷戾銳氣直逼身後之人。

「段若，念在你是燭嶺古都的開宗長老，於本尊竭忠盡智，但愚忠不用，你回去後就到思過崖領罰吧。」

忽如其來的面壁思過懵了段若一臉，這回就搞不懂尊主為什麼罰他。

裴越倒是笑他裝傻扮蠢，冷冷道。

「你在背後做過什麼本尊懶得理會，但別想著可以恣意妄為。五百年來，本尊從無逆鱗，也不屑擁有，但從今天起，那兔子就是本尊的逆鱗。」

觸吾逆鱗者——

死！

◆　◆　◆

沉月湖一事很快傳遍九州，天下人沸沸揚揚聲討劍尊，再次鬧得不可開交。

但又很快歸於平靜，修真界自此出離地安分。

有如海嘯降臨前死寂的水面，醞釀著未明的不安與混亂。

很快，三個月的時間彈指而過。

當最後一片秋葉落地，九州吟北率先步入冬季。但於長年大雪的廣寒京而言，從沒有四季之分。

璃霽殿中，一名俊美昳麗的少年端坐在玉榻上，靈息在體內運行數個小周天，回流丹田後在金丹表面凝氣溫養。

鍾離宵輕呼一口氣，緩和調息，結束入定。

被帶回來才剛三個月，他已然元神復位，金丹完好，靈脈無損，一切恢復如常，甚至比以前更臻完美。

啃了十二年靈花靈草靈果子，能不美嗎？

而且還跟那個人日夜雙修……

鍾離宵咳一聲，打斷該死的綺念，端正身板吟唸十遍清心訣，可耳尖的緋紅就是清靜不下來。

別想了，別想了……

他已經是鍾離宵，不再是那頭痴傻的傻兔子了。

那人在他神智不全時對他幹盡荒淫無道的事，毀壞他的清白，糟蹋他的肉身，氣他恨他也來不及，何必去想他？

外頭的靈童久候多時，聽見殿室裡有動靜後趕緊進來傳話，聲音脆生生的。

「少宮主，代宮主請您移步瀞世庭，說有事相談。」

鍾離宵頷首，端正好衣冠後往瀞世庭去。

廣寒京終年飄雪，天地間只有純粹的白，連宮殿牆身也是純白一片。除了瓦頂和房柱的琉璃藍以外，也只剩被大雪覆蓋的冬青樹和山茶花能為這份荒涼蒼白點綴幾分薄弱色彩。

此處地大物博，同時地廣人稀，偌大的宮殿宛如空城，有時一句半個月也碰不到人。鍾離宵從小就在宮殿長大，平時遇見了人反而不習慣，然而此時獨自走在幾乎不見盡頭的雪白長廊上，他竟然覺得哪裡不對勁。

不像燭嶺古都，出了照夜殿後處處人聲鼎沸，每隔三步就走來一個修士，塞他滿手籠搖光和靈花靈草，然後被那壞心眼的男人端著一張臭臉全部趕跑……

不是說好不想嗎!?

鍾離宵再三告誡自己屏除雜念，索性瞬移到瀞世庭。

瀞世庭議事廳空寂無聲，安靜得能聽到走動時身上衣服輕揚的回音。陽光落在宮殿穹頂，透過屋瓦的琉璃藍灑落在白石地板上，淡化成波光粼粼的水色，雪花落下的影子宛如游魚，多少添來些生氣，讓寧靜空曠的空間沒有冷清到底。

鍾離笙坐在長桌下首，他雖然是代宮主，但克己復禮從未坐過宮主之位，那裡永遠留給真正能坐的人，以前是鍾離淵，現在是鍾離宵。

「少宮主，身體無恙？」

鍾離宵剛落座，他的陣修老師畢恭畢敬地詢問。

靜靜地看了老師一眼，鍾離宵目光裡思緒複雜。半晌，他才淡淡道：「已閉關調息過，一切無礙。」

回到廣寒京後鍾離笙馬上為他解開骨生花，鍾離宵很快就恢復神智。在丹藥和陣法的輔助下，他也控制住心魔，境界修為回到痴傻前的化神期。

「如此甚好。」沒有奇怪少宮主神色微妙，本是欣慰和關心的話，鍾離笙說得態度平平：「骨生花雖已摘除，但可能會有後遺症，少宮主請多加休養。」

鍾離宵卻是問：「老師，我的骨生花到底誰下的？」

「一個分家的人，已經死了。」鍾離笙隨口回答，但聽見「到底」二字，索然無味的面容才泛起一絲微妙情緒，反問道：「您不信？」

鍾離宵搖頭，神色平靜裡浮現半分恨與愁。

「經此一劫後，我只是想到，說不定父親和母親當年與我一樣，被族人下了骨生花，神智盡失，流落在外。」

所以才會離奇失蹤，在廣寒京裡尋覓無果，最後身死道消。

鍾離宵看向老師，想從那平靜無波的眼眸裡看出什麼。

他說：「我清醒後第一時間去了藏經閣，記載骨生花禁咒的典籍已被毀壞。如果我不是化神境界，不是陣法修為師承於您，恐怕也無法復原典籍。」

書中記載，骨生花種下後，下咒者身上也會跟著開出與被咒者一樣的花，雖然

鍾離宵沒有回話，神色堅忍明顯不願讓步。

凝凝地看著少宮主，鍾離笙眼裡依然是攪不動的沉黑死水。

良久，他才徐徐開口：「查吧，若是能查出前宮主和前宮主夫人的真相，也是一圓辰淵道人的夙願。」

鍾離宵打從回復神智後就覺得他的笙老師不對勁，不然也不會懷疑到他身上，特別是現在。

他狐疑問：「老師，您以前可不是這樣喊叔叔的。」

鍾離淵和鍾離笙是相差十歲的青梅竹馬，從小玩在一起已經有好幾百年情誼，對修士漫長的年歲而言，兩人跟平輩差不多。

他們原本身分有別，前者本家嫡系，後者分家庶子，如果不是多動奇葩的鍾離淵閒著沒事溜到幾百里外的冰洞去玩，也不會救下當時被其他分家孩子欺負的阿笙。

是年幼的鍾離淵把阿笙護在身後，是少年時的鍾離淵發現阿笙的陣修天賦，是長大後的鍾離淵鼓勵阿笙努力修行，讓他不過百年就得到本家認可，移籍到本家。

只要鍾離淵待在廣寒京，他的阿笙永遠與他形影不離，跟在他後頭喊他淵哥哥，一喊就是幾百年。

所以鍾離淵的死，鍾離笙的痛苦絕不亞於鍾離宵。

不然他也不會率先打破廣寒京清規，隻身一人把鍾離淵的屍骨尋回來。

雖說老師在旁人面前總是看著溫和、實為清冷，可只要提到叔叔就會神采飛揚。

而現在的他卻是神色寡淡，詭異地平靜。

聽見少宮主如此一問，他也是僅僅一怔，答非所問：「本君知道，他不是劍尊所殺的。」

猝不及防聽見那人的名號，鍾離宵心裡猛地一緊揪，像被拔出插在心尖肉上的釘子，痛得一時喘不上氣來。

鍾離笙恍如未覺，訥訥地說下去：「少宮主和我都知道，他怎麼可能和不仁不義之輩當上朋友呢？」

那為什麼在他痴傻之前，還三番四次地跟他說是裴越殺的人？

鍾離笙眼裡暗光一閃，陰厲道：「所以不是他殺的，他就不該死？」

這話實在聽不懂，鍾離宵訝異地看著本該溫文如玉的老師。

此時鍾離笙看似古井無波，然而已經銀牙咬碎，恨意無遺。

「八十一道，他身上可是有八十一道劍痕！」

當初尋回屍骨後，鍾離笙壓下莫大的悲痛，為鍾離淵驗屍。

他發現那凶手劍修故意模仿劍尊的劍氣，更刻意用術法斂去自身真正的劍意。

若不是鍾離笙心懷執念，不停反覆尋看，也不會在深可見骨的傷口深處發現一絲劍中虹光，直指凶手另有其人。但他什麼也不說，認定劍尊才是罪魁禍首。

鍾離笙滿目通紅，恨恨道：「凶手是衝著劍尊來的，若不是與劍尊相識，他會死嗎？若不是與劍尊相約，他會被殺嗎？」

凶手和劍尊，都該死！

這不過是無理的遷怒，但無人能指責已經失去淵哥哥的阿笙。

鍾離宵同樣恨不得把凶手揪出來粉碎元神，甚至就算違反清規和拋棄理性，也忍不住憎恨那個間接害死叔叔的人。然而想到是那個男人，他心中竟是茫然若失。

怎麼他老是吃這種啞巴虧？

所有人都把天下罪孽加諸在他身上，樁樁件件令人髮指。可沒有一件真是他幹的，髒水怎麼潑也潑不完。

只等他萬劫不復，永不翻身。

第九章 情深

父母的死，是鍾離宵最早扎在心頭的刺。

但他是少宮主，哭夠了就要站起來，肩負統領廣寒京的責任。

所以從十歲起，鍾離宵強迫自己斂去孩童心性，埋頭刻苦修行，恪守三千清規。在嚴格自律又枯燥乏味的清修下，他小小年紀就不苟言笑，面容冰冷，只在叔叔陪他說故事時才露出那麼點小白牙，笑得甜進叔叔心裡。

長大後的鍾離宵還是一板一眼地表情欠奉，但他終究是個封閉在雪山裡的年輕人，要是情緒上來了臉皮繃也繃不住，輕鬆能看出他在想什麼。

鍾離宵此時神色難受糾結，鍾離笙定定地看著。

少宮主確實是長大了，長成翩翩少年，如畫絕色。他已換回端莊整齊的廣寒京宮袍，雪月為底蒼冰為紋，整個人清風朗月飄逸出塵，自小就有玉宮謫仙的美稱。

那一頭如綢墨髮以玉冠束於髮頂，露出發白的脖子和線條好看的頸線。鍾離笙側頭看他雪白無瑕的後頸，淡然問：「少宮主，您沒有被那乾元標記吧？」

忽如其來的一句，給鍾離宵嚇得語無論次：「您、這、請老師不要說這種荒唐話！」

看著少宮主的耳尖發紅，鍾離笙目光凝重下來，下一句更嚇人。

「這十二年來，您忘記身分，忘記仇恨，忘記悲痛，忘記一切，在他身下過得可舒心吧？」

鍾離宵語塞，實在分不清這是無心的遷怒還是有意的指責，只能啞然說：「老師，確是學生無能，才遭分家叛徒暗算，神智盡失十二年。您可以怪我怨我，但也該明辨是非，找出真正害死叔叔的人。」

「是非？他都死了，是非何用？」鍾離笙恨聲後，置若罔聞地喃道：「真羨慕呢……沒有被標記，那就太好了，廣寒京可需要少宮主啊……」

隨後口吻一變，回到平日威嚴但溫和的代宮主。

「下個月將舉行修真大會，我們廣寒京已入世，理應出席參與，屆時就由少宮主和本君做為代表一同前去吧。」

鍾離宵走在長長的雪白廊道上。

此番談話實在讓他心力交瘁，這是前所未有的事。

太不正常了。

鍾離宵心道：把剛剛老師的所言所行拆開來看，無不條理清晰，情緒合理。但合在起來就是顛三倒四，思緒混沌。

是心魔。

鍾離宵猛然想起，他才剛經歷過心魔入侵，神智半醒時跟現在的老師很像：毫無理由的執念，瀕臨失控的情緒，無法自制地陷落。

老師一直把叔叔放在心裡，置於高地。現在叔叔死了，這可是在老師心臟上狠狠剜去一刀，只留下腐爛壞死的血肉。

叔叔的死會成為老師的心魔。

思及此，鍾離宵連忙趕去鍾離笙的殿房。然而靈童說代宮主已經閉關，怕是下個月修真大會才出關。

閉的不是死關，鍾離宵正打算去煉雪洞把老師喊出來，靈童卻是搖頭。代宮主不在煉雪洞閉關。

這十二年來，除了去瀚世庭處理公務以外，代宮主只會待在辰淵長老的冰墓裡，誰也無法讓他出來。

問過地點，鍾離宵來到叔叔的冰墓。

那是幾百里外的一處冰天鐘乳石洞。鍾離宵記得這裡，小時候叔叔和老師曾帶他來這裡玩過，說是他們倆以前第一次見面的地方。

洞口處落下大陣，任何人不得擅入。

只有鍾離笙可以。

鍾離宵心裡撕裂地痛。

他只是看著洞口已是難受，老師卻時時刻刻也把自己困在裡頭。

他已陷入心魔而不自知。

或許他其實是知道的，但不願出來。

裝睡的人喊不醒。

鍾離宵轉身離開，只能等修真大會時再與老師談談心魔之事。

回到璃霽殿時，鍾離宵已捋順好所有思緒。

想要問清楚骨生花的事，得先解決掉老師的心魔。

其次必須找出殺死叔叔的凶手，那個劍有虹光的劍修。

腦內閃過零星畫面，鍾離宵一愣：他好像曾經見過有虹光的劍，可在什麼時候？又在哪裡？

一時抽取不到記憶，鍾離宵打算之後以術法輔助，繼續思索下去。

還有父親母親的死也得查明真相。

那時廣寒京尚未被外人潛入，雪山大陣依然完好無損，父母的失蹤若是人為，也只能是族人作案。

他們被下了骨生花，神智盡失後被扔出廣寒京，下手的人是陣修天才，能解開繁複嚴固的雪山大陣。父母自此流落在外，神智不全下無法回京，最後骨生花花期已至，將之吞噬而亡。

而在十二年前，這個人重施故技，在鍾離宵身上又種下骨生花。

至於記載骨生花的典籍，也早已用術法銷毀。

只是這回鍾離宵命大，回到廣寒京，由下咒者親自為他解咒。

如此一來，也就只有老師能做到。

此番推斷在腦內盤踞成形，越發根深柢固。

鍾離宵闔了闔眼。

於情，老師不僅是叔叔的竹馬摯友，而且從以前起就十分敬重前宮主夫妻，也待他這個少宮主同樣尊重友好。

於理，就只有骨生花解咒的一個證據，其他都只是憑空揣測的論斷，更掰不出半個老師作案的動機。

老師沒有理由去謀害他們。

但要死的是，鍾離宵還是懷疑老師。

他嘆了口氣：不論如何，都得查下去。如果無法從老師這裡著手調查，如果父母死前真的流落在外，那只能從外面打探情報。

正好，下個月舉辦修真大會。

修真大會本該十年召開一次，然而上一屆在十二年前被劍尊三劍劈沒了，三千宗門元氣大傷，紛紛搖頭擺手說接下來五十年都不辦。

可此時在不上不下的時間點重開大會，到底是為了誰人而開，可想而知。裴越。

鍾離宵默念那人的名字，卻不知不覺間喊出聲音。

可能是骨生花的後遺症，那十二年痴傻的日子，他竟從未忘記。

記得裴越在最初隨手送他的梅花。

記得裴越惡劣無道地欺負他。

記得裴越帶他去四出遊歷。

記得裴越為他栽種滿庭靈植。

記得裴越餵過他果子，聽過他彈琴，掛起他的畫，給他換上天衣，為他蓋上羅被……

記得裴越把他抱在懷裡壓在床上，撕下剛為他披上的衣袍，掰開他雙腿，掐住他的腰，骨節分明的手指在他體內鑽探，換更粗更長的凶刃撐開窄小的甬道，在最深處一下接一下地狠狠打樁。

那時他會嗚咽抽泣，想要掙開又無法逃離。因為那男人會把他拉回來，牢牢地把他禁錮在身下，掐著他身上每一朵綻放的梅花，無止無盡地操幹。

他只能沉溺其中，如靈魂出竅般茫茫然地看著眼前光景，看著男人身上血腥時信散發，看著他垂眸咬牙操他的模樣，看著銀華白髮如柳枝垂在他頸邊，看著男人額角熱汗流至鼻尖，在顛簸中落在他鎖骨上，有的會因為操得太狠而滴在胸口。

鍾離宵喉嚨一緊，腿腳發軟扶著案桌跌坐地上，低頭看向呼吸起伏的胸口。衣襟之下，乳尖之上，可是吊著一枚籠搖光乳環。

他肯定是哪裡想不開，竟然顫巍巍地隔著衣袍摸上那一點，隨即觸電似地縮開手，臉上倏地發燙發熱，快能融化雪水。

只是輕輕一碰，乳尖上的搔癢如電流般瞬間傳至四肢百骸，炸得腦後發麻發白，滅頂的難受全化為磨人的快感。

要死。

鍾離宵眼角溼潤，恨不得給裴越那變態男人彈一首哀樂。

幸好族人知禮守禮，在他痴傻時不曾褪去他身上衣服。等他清醒之後換衣服時可不敢讓靈童侍候，連自己也閉著眼不敢多看。

然而每次穿脫衣服時，布料都會被乳環勾住，稍微拉扯也能讓乳尖紅腫挺立起來；無論多輕的動作，那擬花的吊飾也會在敏感的乳暈上搖晃摩擦，存在感該死地強烈，想忘也忘不了！

是啊，他怎麼可能忘記，在過去那十多年裡，裴越可喜歡在做愛時扯弄揉捏他的乳尖和乳環，讓他情難自制地哭著高潮。

「裴越、你個混蛋！」他喘著氣罵道，這回真的哭出來。

他的兩腿間，後面那裡好像溼出水了……

當愛液從嫩紅的穴口溢出來，順著大腿內側流下，裴越就會盡根操進他體內。這時空氣裡瀰漫了鮮血的味道，那人用血紅雙目看著他，時信永遠是充滿攻勢性，霸道地侵蝕他本就薄弱的神經。

然後用濃稠的熱液貫進他體內，填滿他，溫暖他，連同他的梅花香一同抱入懷內，融化在腥血時信中……

鍾離宵猛地驚醒過來，清冷的殿室裡正散發濃郁的梅香。

他因為回憶，情動了。

兩腿間已經溼成泥濘，白濁和愛液隱沒在衣袍下，鍾離宵心裡涼了半截：所以他只是用想的，就去了!?

這回彈一首哀樂送給自己，鍾離宵羞恥得快要挖洞自埋，嘴上念清心訣，手上畫淨身咒，念了畫了好幾十遍，換過乾淨的衣服後再來幾十遍，最後忍不住索性去暖池泡了半天，才抹著依然發燙的臉癱坐榻前，哀莫大於心死。

怎麼梅香還是久久不散?

不對!?

鍾離宵坐直身子,以靈識一探。

鋪滿銀雪的窗櫺上竟放了一株治豔的梅枝。

鍾離宵剛沉澱下來的情潮又翻騰而起。

是萬月霜嶺的梅花。

◆◆◆

說巧不巧,萬月霜嶺就在祕境廣寒京之下。

所以鍾離宵當初被分家叛徒推下深淵時,他大難不死摔進萬月霜嶺。

如果當初裴越沒有去修真大會,如果裴越被追殺時沒有走進萬月霜嶺,如果裴越看他不順眼直接給埋了,如果裴越沒有心血來潮扔他梅枝……如果如果,還有很多如果,鍾離宵和裴越可能不會有接下來的十二年。

但一切皆為天定,從無如果。

這是天道給他走的路,是喜是悲,是福是禍,他也要哭著走完。

鍾離宵是琴畫雙修,不擅長御劍,他披上飛行寶具天仙絹來到萬月霜嶺,看著腳下茫茫無盡的綿延雪山,不由得感慨。

兜兜轉轉，一切回到原點。

他記性很好，哪怕是傻了還記得他跟裴越那些荒淫無度的情事……咳不，是記得他的洞府在哪。

鍾離宵停在一片雪林中，感知到幻陣的存在後以靈力破解。之前還是傻兔子時他花了差不多兩個時辰才解開，這回神智清明還是化神境界，他不過半炷香的時間就能打開幻陣。

洞府內依然暖意洋溢，春色撩人，花圃裡被他啃過的花草也生機蓬勃地長回來。不過靈植有靈性，認出了曾經把它們啃個片甲不留的傻兔子，感受到他的靈氣時全蔫下來假裝自己快要枯死。

鍾離宵不多不少也有點歉意，但那時他的身體真的很痛，所以抱歉，只能啃你們一下下。不過為表歉意，鍾離宵來時帶了些靈植肥料，一路走一路灑，那些裝死的花花草草忘了曾經被啃的恐懼，歡快地挺直枝葉去撈肥料。

後院綠樹扶蔭，天池蓮花飄香，清風吹送在水面，揚起波光粼粼。還是那座紅牆綠瓦的主殿寢房，敞開的窗戶裡站著一道熟悉的身影。

只消一眼，足以讓鍾離宵心臟發熱發痛，愣在原地無法上前。

窗後的男人早已看到他，看來心情很是不錯，平常刻薄寡言的嘴角竟噙著笑，看向鍾離宵時目光如黑夜深邃，但眼中明月只映照少年身影。

吹過蓮花與池水的清風輕拂在窗簾上，敲響了薄竹，清脆了玉鈴，牽起男人束於髮冠的細長白髮，拂開衣袖上的暗浪逐月。

少年俊美如雪原上的星辰，男人俊朗如大海上的明月，同是賞心悅目，同是脫俗出塵。

裴越笑意更深，朝鍾離宵揚手，口吻淡然。

「過來。」

熟悉的動作，熟悉的聲音，過去十二年，裴越每天也是如此呼喚他。

幾乎下意識要走過去，但鍾離宵佇立原地，斂去眼眸裡的光。

他已經不是那頭一喊就跑過去的寵物了。

鍾離宵站在池邊，只是遙遙傳音。

「花是怎麼送進來的？」

哪怕雪山大陣被毀，但是要穿過老師設下的重重陣法，無聲無息來到璃霽殿還是不可能的。

只見那人回以一笑，就像以前笑他是傻兔子那樣，聲音磁性低沉。

「你怎麼不問，本尊送花時有沒有看到你在自慰？」

少年先是茫然，聽懂是什麼意思後登時滿面通紅！

「那不叫——」

他實在說不出那兩字。

「我沒有摸——」

這回更說不下去，鍾離宵大寫的惱羞成怒，直接召出他的獨幽古琴，鏘鏘就是十幾把透明刀子甩過去。

劍尊撥開柳條般隨意擋下刀子，眼睛尖得很，意味深長地喔了聲：「這琴……上面有本尊的簽名，就是當初辰淵送你那把？」

按照叔叔那張話嘮的嘴，恐怕已經把他可愛的小侄子小至尿床藏起被子，大至學會第一個陣法就炸了宮殿等等無聊的光輝事蹟，全爆料給他最喜歡的劍尊聽。

鍾離宵愣在原地，瞪圓鳳眸看著琴身上明晃晃的劍尊親簽，火燒腦袋炸開羞恥的蘑菇雲。他慌忙收起獨幽古琴，改用雩月流霞筆，頃刻間飛禽走獸、狂濤巨浪憑空出現，直往裴越撲去，本該平靜悠然的洞府瞬間雞飛狗跳起來。

如此來來回回打了兩天，裴越才輕而易舉地按住他家跳腳的兔子。

「宵兒，何必自取其辱，就不能好好跟本尊談談？」

「你……別這樣喊我……」

宵兒只能是父母和叔叔喊的……

裴越順著他的兔毛來捋，溫聲問：「那該喊你什麼？宵宵？小宵？還是像以前那樣，叫你傻兔子？」

鍾離宵給羞得渾身顫抖：到底怎麼回事，這人還是那個喜怒無常恣意妄為奸淫無度開口就嫌棄人出手就打飛人的劍尊嗎!?

現在卻用一張光風霽月的臉，擺出春風得意的表情，說盡不知羞恥的胡話葷話！

鍾離宵混亂了，瘋魔了，覺得心魔又要回來了。

「你的心魔除了？」

把他從窗戶撈進寢房，塞到床上坐好，裴越捏了捏傻兔子的下巴尖，一邊左右打量一邊問。

鍾離宵放棄掙扎，不著痕跡地躲開裴越的手，平心靜氣地說：「回劍尊，晚輩心魔已除，無須掛心。」

看他疏遠迴避的模樣，裴越挑起眉頭：就看看你搞什麼花樣。

劍尊又問：「心魔為何物？」

鍾離宵抿唇，思索片刻最後簡單說明：「不過是與辰淵道人有關，加上當時神智混亂所致。只要恢復神智，心魔自然破除。」

確實與叔叔有關，但跟面前的人離不了關係。

他無法接受叔叔的死，神智不清下陷入混沌，又被心魔的低語迷惑，以為是裴越殺死他的摯親。不過只要稍為清醒過來，哪怕沒有老師告知真相，鍾離宵也知道叔叔絕不是裴越所殺。

裴越凝視少年，拈起他的微微發紅的耳尖捏了把，嗤笑說：「你可不會說謊啊。」

那可是廣寒京最基本的清規之一，鍾離宵略為心虛地低頭不語，感覺被摸到的那塊小軟肉正發熱發燙。

「骨生花解了？」

「是的，禁咒已經完全解開。」

「可有後遺症？」

「謝謝劍尊關心，晚輩已無大礙，也沒有什麼後遺症——」

裴越一把捏住鍾離宵的臉，不悅地說：「宵宵，別裝模作樣假裝疏離，不過你想玩這一套，本尊也不是不能陪你。」

玩哪一套啊？鍾離宵驚恐地豎起兔耳朵，危機本能告訴他：不要問，很可怕。

不不不，他這回到來可是另有目的，不是來聊這些有的沒的。

鍾離宵輕嘆一聲，可緊繃的情緒影響到身體，吐息時顫抖了胸口，輾轉成一道輕喘，喘出氣音。

少年一愣，登時臉上滾燙，無視裴越意有所指的危險目光，故意別過話題：「請劍尊、你別再這樣喊我……」

裴越用眼神威逼傻兔子改口後，改而嫌棄說：「怎麼那麼挑剔，喊什麼都不喜歡。」

鍾離宵生無可戀，隨便你吧，愛喊什麼就什麼。

「那之後在床上再挑，哪個反應更大就喊哪個。」

果然不能跟這混蛋隨便！

耳尖又豔紅了一個色澤，鍾離宵咬牙切齒地做出讓步：「小宵，宵宵，你挑。」

裴越為之失笑，拿他沒辦法：「宵宵你這人，真是逼得了，也逼不得。」

也不管自己另有什麼目的，鍾離宵後悔來這裡了，轉身就想逃，竟逃出當初傻兔子見到裴越就落跑的身姿風采。

裴越愉悅地大手一拉，把人抱回床上圈在懷裡盡情揉搓，低笑道：「原來你是這般模樣，不錯，挺不錯。」

少年清雅俊美，氣質沉穩寧靜，道齡輕輕已有仙風道骨之姿。可其實他臉皮很薄又繃不緊，逗弄一下就什麼都寫在臉上、紅上耳尖，反應激烈得可愛。

確是靜若處子，動若脫兔。

實在叫他喜歡。

鍾離宵卻是怔然，從裴越身下掙脫出來，抬頭已是面容清冷，比之前更加客氣疏離地作揖道：「晚輩此次前來，是打算與劍尊道別，了斷前緣。」

還想再次看看這兔子想搞什麼花樣，可聽見這麼一句，劍尊馬上沉下臉來。

鍾離宵視若無睹，繼續說：「十二年不長，但晚輩還是感激劍尊這些年來的照顧。」

雖然不全是照顧……

「不過，我可是鍾離宵。」

不是你的傻兔子。

屋裡安靜得嚇人。

裴越仰起頭，居高臨下地看著退到床下的鍾離宵，目光玩味。

最後他一笑置之，一眼看穿鍾離宵的心思，斂去臉上所有神情，說：「你是誰，本尊當然知道。」

傻兔子是個貪吃愛睡的小傻子。

裴越白睫低垂，看向鍾離宵時極是溫和，嘴裡卻說出絕情的話。

「而你，鍾離宵不過是不自量力的膽小鬼。」

鍾離宵愣然，無法理解這番話。

裴越樂意一一道破：「哪怕是生於冰天雪地，你也是在蜜糖罐裡長大的小孩。」

之前不知道傻兔子是誰，所以才大海撈針尋覓無果。現在知道鍾離宵的身分後，要查還不容易？

雖然短暫，但鍾離宵也是從小有家人呵護。後來父母失蹤死亡，叔叔也是跨越千山萬水回到廣寒京把他捧在手心裡疼愛。

直到叔叔的本命燈也滅了，所有血緣摯親死去，鍾離宵倏地孑然一身，孤苦無依。

廣寒宮冰冷，清規也冰冷，在生於此地、恪守規條的族人之間，距離同樣冰冷，連最親近的笙老師與他從來也是禮尚往來。

再也沒有人會為他煉製琴器教他彈琴，沒有人會握住他的手教他畫畫，沒有人會坐在他床邊說睡前故事哄他入眠，沒有人……沒有人……再沒有親人能與他牽手觸碰，感受彼此體溫。

原以為千百年後才接手宮主之位的鍾離宵頓時六神無主，最後只懂得凝固了心性，凍結了表情，硬逼著自己趕快獨當一面。

他是天縱之才，不到半百年就達到化神之境，是族人裡完美優秀、獨立堅強的少宮主。

但少宮主沒有接管廣寒京，其實是他自詡資質不足、羽翼未豐，請求老師再次擔任代宮主一職。

鍾離宵內心深處還是偷偷渴望著，希望父母和叔叔還在身旁，希望他們其實沒有死去，希望他還是個沒有重擔在身的少宮主。

他的冰冷理性不過是逞強的偽裝，然後如此長大。

裴越說：「你當初痴傻時倒在雪中，跟隨本尊十五天，破解幻陣進來洞府，不過是眷戀有誰保護你罷了。」

打從一開始，他就被劍尊的強大所吸引，不管是小時候聽他的傳奇，還是痴傻時從白雪紛飛中看他一眼。

鍾離宵神色蒼白，抿脣不發一語，明顯是被揭開連自己都不知道的心底陰霾，終於明白裴越那句「不自量力的膽小鬼」的意思。

他試圖違心地否認：「不，是因為梅花……」

裴越不與他爭執這點，下一句正中命脈。

「你從沒有做為宮主的自覺。」

鍾離宵語塞，半晌後紅著眼憤怒道：「你何嘗不是丟下宗門，遊山玩水置之不理嗎？」

裴越一陣好笑：「自己理虧了，改而指責本尊嗎？行，本尊就告訴你一件事。」

一把將鍾離宵扯回床榻抵在牆邊，裴越捏著他的臉，逼迫鍾離宵抬頭對上他的目光，看他那狂放不羈的自信與傲慢。

「本尊有傾天覆地之能，天道於本尊又奈何？宗門流派不過是浮雲，燭嶺古都也只是一時興起才創立的，然而燭嶺從來不是獨屬本尊的宗門。」

燭嶺古都從來不依靠尊主，他們全是因為仰慕劍尊裴越的強大而凝聚一起，自行廣納修士，生成門規制度，在尊主奠定的基石上創造他們理想的門派。自此雄據一方，宗門內繁榮安定，生生不息。

劍尊所創之宗門，即使沒有他在亦可安樂無憂千萬年！

裴越捏起鍾離宵的下巴，滿意傻兔子滿目震撼同時不自知的欽慕，口吻溫和了幾分，浸入絲絲寵溺。

「本尊若是願意，不僅能護你，還能護你背後的廣寒京。」

給予你想要的保護，還有你渴求的親密溫度。

鍾離宵聽出話中之意，連忙清醒過來，推開裴越一邊搖頭說：「不，我是鍾離宵，不再是傻兔子，劍尊沒必要再如此……欺辱於我……」

料到他會抗拒，卻沒料到他硬生生地否定那份只差說出口的情意，裴越啞然低笑。

「你心中顧慮，本尊自是知道。」

他撫上少年那一點脣邊痣。

「你以為本尊只喜歡你的相貌？」

雙手摟住繫上錦帶的腰。

「只喜歡你是坤澤爐鼎？」

撫上他雪白的頸後，那處敏感的腺體。

「只喜歡你的肉體？」

氣息噴在他耳邊，似有若無像是要含住那抹羞紅。

「只喜歡你是傻兔子？」

裴越低頭湊近鍾離宵的唇尖，快要吻住他。

「本尊全都喜歡，自然也包括你鍾離宵。」

裴越喜歡傻兔子，喜歡鍾離宵，這是他早已悟到的事實。

恐怕在知道傻兔子是他的機緣，他的天劫，甚至早在雪地裡拂開他身上的雪，扔給他梅枝時，裴越的情已然種下。

情不知所起，一往而深。

這是於天之下，乾元中庸坤澤千萬年來也無法勘破的天理。

所以喜歡就喜歡，裴越也不糾結彆扭，迅速地坦然接受。

「宵宵，你可知道我與旁人說了什麼？」

男人沒再以本尊自稱，而是放下身段，在深愛的人耳邊，只對他說「我」。

「我五百年來無畏天地，從無逆鱗。而你，是我今後永生永世，唯一的逆鱗。」

第十章

春露

他們的吻深情且綿長，很快點燃裴越的慾火。

他是乾元，骨子裡充滿占有和掠奪的血性，就算是面對喜歡的傻兔子也是蠻橫不講理。幾度交錯纏吻後，他咬著鍾離宵的唇，撬開他的牙齒，舌頭伸進去換來一個淫膩暴虐的吻。

空氣被一點點抽空，鍾離宵呼吸困難起來。睜開眼睛是情慾焚燒的裴越，捧起他的臉吻得深刻，像是要把他拆骨入腹，永遠溶於體內。

被那如血深紅的愛意淹沒，鍾離宵嘴裡被毫無保留地一再侵占，讓他羞恥地想起以前幫裴越含時就是如此被動無助。

他不知所措地挑起舌頭想推開裴越，反而被叼起舌尖細細吸吮。唇舌交接的淫吻在寢房裡發出嘖嘖水聲，又紅了鍾離宵的耳尖和後頸，分泌過多的涎液從兩人嘴角流出，淫了鍾離宵的衣襟。

直到他要被吻暈過去，裴越才戀戀不捨地停下。兩人唇邊的水液牽成銀絲，裴越舔唇斷了水線，又埋頭吻在鍾離宵的嘴角，舔去那淫亂的水痕。

空氣裡不出意外地散開兩人的時信，裴越捏貓崽子似地捏住鍾離宵的後頸，貼上去聞著腺體散發出來的梅花香，濃烈得讓乾元體內時信沸騰。

裴越把鍾離宵揉醒，問他：「你的春露期什麼時候來？」

鍾離宵迷迷糊糊地想起，這十二年來他都沒有服用抑露丹。

後來回到廣寒京又是除心魔又是解禁咒，沒閒下來幾天就被裴越喊來洞府。

加上之前在廣寒京時只要想起裴越就會口乾舌燥身體發熱，現在又被裴越肆意攪出一汪春水。

說不定……

鍾離宵茫然無措地急出哭腔。

「可能、現在……」

在意識到的同時，鍾離宵的時信噴發而出。

坤澤的春露期來了。

他發情了。

梅香濃重得如有實體，在天邊梅花怒放，漫山遍野。連鍾離宵身上也一朵朵地開滿梅花，在眼尾綻開一朵嫣紅。

是骨生花!?

裴越看到時心臟一時驟停，顧不上情慾焦灼，抱起鍾離宵往他胸前的凝華珠渡入靈力，氣急敗壞地罵道：「骨生花不是解開了嗎？怎麼這破花還在？」

在體內燃燒的發情熱融化了他的理智，鍾離宵無措地搖頭哭道：「不知道，我不知道，是真的解開了，只是一旦想起你，身體就這樣……」

怕是鍾離宵也不知道自己在說什麼，裴越怔然，馬上明白：是骨生花的後遺症。

情熱時依然生出無害的花。

成了單純的性癖情趣。

裴越以靈識掃過鍾離宵的身體，再三確定無恙後才鬆了口氣，改而失笑說：「想起我後，身體怎麼樣了？」

他把鍾離宵抱到腿上，面對著床榻前懸浮的巨大水鏡，把他身上凌亂的宮袍一件一件地剝下來。

「是這樣？」

裴越撩起鍾離宵挺立的乳尖，掐了把開在乳暈上的梅花。

「是這樣？」

扯開他身下褻褲，刮了刮鼠蹊部上的花，握住鍾離宵半翹吐水的白嫩肉柱。

「還是這樣？」

猛地分開他雙腿，逼迫他露出臀縫中的穴口，那裡在裴越十二年的操幹下早已被操成縱向線狀，淫靡地擠出期待被肏的愛液。

以無比羞恥的姿勢坦露流水的後穴，隱約看見開在臀肉上的梅花時，鍾離宵嚇得不敢低頭，更不敢看向鏡子，只知道自己渾身火燒地難受，想要逃開但只能退到裴越懷裡。

裴越順勢把人放倒，俯身叼住鍾離宵的唇舌又是一通深吻。兩手沒有閒下來，撫上鍾離宵細膩幼滑的大腿內側，手指探入那汁水橫流的肉穴，插出陣陣水聲。

身體又被熟悉的指尖觸碰，不管在外面還是裡頭都像被電流撫過，鍾離宵兩腿止不住的顫抖，明明想並攏起來可就是不由自主地分得更開，任由裴越又插入兩根手指，插得更深又重。

梅香太濃了，宛如用熱酒煮沸，哪怕酒氣蒸發依然惹人迷醉。裴越往鍾離宵嘴裡渡入帶有血鏽味時信的涎液，吻出嘖嘖水聲，結束溼吻時連裴越的氣息也越來越重。

坤澤的春露期也讓他本能發情了。

裴越繼續為鍾離宵擴張，不要臉地笑道：「你因為我而春露發情，我得要好好回應你對吧？」

又在說什麼葷話？

兔子腦袋已經舒服得一片空蕩，鍾離宵還是忍不住抽空罵道，可下一秒體內的手指抽出來，帶出一汪淫水滴落床榻上。被撐開的穴口甬道驟然一陣空虛，鍾離宵貓叫著喉嚨咕嚕，難耐得擠出眼淚，差點就哭著求裴越插回去。

但很快被更粗更長的巨大柱物擠開溼漉泥濘的水穴，碾平入口肉褶，擠進飢渴的甬道。肉棒一插進來腸壁就急不可耐地纏上去，緊緊地包覆著，蠕動著，屁股一顛一顛地抬起來主動含進更深。

春露期最棒了。

裴越一邊挺腰抽送，下腹發力時壓低聲音，聽著極是魅惑性感，可嘴上又是在說葷話。

「這是你神智恢復後第一次被我操吧？」

男人故意貼在他鬢髮說話，原本敏感的耳朵可憐地豔紅起來，低啞的聲音直接傳入耳裡鼓動耳膜，鑽入心髓撼動體內每一條經脈，每一滴血液。

鍾離宵下腹一緊，有什麼潺潺射出來，登時急哭地罵：「你、啊，別要說話，閉嘴……嗯……」

他平時的聲音如清泉澄澈，珠落玉盤，即使本人沒那個意思也讓人骨軟骨頭，現在更添入不自知的媚意，成了最誘人的發情藥。

故意在渾身潮紅的坤澤耳邊細細啄吻，裴越可喜歡他因情事崩潰的模樣。和以前不肯說話只哼哼的傻兔子不一樣，鍾離宵實在太不耐住情慾，隨便撩撥就翻到慾海裡，任由搓揉翻弄。

但還是一如既往地可憐可愛，挑起裴越不要得的凌虐慾望。

下身還相連抽插著，裴越抱起鍾離宵的雙腿走下床，走到水鏡前，每走一步就插得越深，龜頭又是戳在結腸最深的拐彎處，抵在那一處凸起的騷點上。

鍾離宵哽咽著哭叫，但那是讓腦袋發麻發瘋的爽，腳趾全蜷縮繃緊，穴口緊緊絞住乾元的肉棒不放，緊得連澆灌在龜頭上的大量潮水也流不出來。

僅僅幾步的抽插就把鍾離宵操得失神，裴越憐愛著，也惡劣著，掐住少年滿是淚水的清麗臉龐，強迫他看向鏡子。

鏡子裡的少年衣衫盡落，滿身的梅花和下身兩處隱祕的慾望全然暴露。

從來只被裴越碰過的白皙玉柱挺立勃起，染上稚嫩的果紅色，鈴口溢出精水，隨著身後挺弄濺在光潔的鏡子上，潑上星星點點的白濁。

坤澤用來承歡的後穴含住乾元的粗大性器，鍾離宵只看一眼就哭喘過去，他知道裴越的很大，每次也強橫地填滿他體內，抵在肚皮上頂出凸狀。然而從鏡子裡第一次看到，自己小小那處竟然能把那根凶刃盡根沒入，鍾離宵嚇得嗚咽抽泣，閉上眼睛不願再看。

在兩人泥濘的交合處磨出一圈白沫，裴越壞心眼地狠狠操他，嘴上還好意思溫聲哄道。

「乖，看看鏡裡的自己，不然我操進你的花腔。」

坤澤一旦發情，花腔就會打開，方便乾元對坤澤完全標記。要是操進去又是另一番未知的滅頂快感，裴越舔著唇諄諄善誘。

可傻兔子無法承受令人癲狂的快感，過於舒服反而讓人害怕，他摀住眼睛胡亂搖頭：「別，別要進去——嗚！」

也不多話，乾元直接往坤澤的花腔一頓猛操。

之前他只能擦著花腔入口磨蹭，抵著那只打開一條小縫的銷魂處射精。現在花腔完全打開，溫熱軟爛得可以，輕易能擠進這更緊窒窄小的腔口。龜頭剛插進去，那燙熱的小嘴下意識吸吮住傘冠，卡在花腔入口難以退出來，只能等灌滿精液才會鬆開。

體內最隱蔽的花腔被蠻橫入侵，鍾離宵的意識已然陷入滅頂的情潮中，穴壁痙攣著抽搐著，除此以外再也無法控制身體感知。

他好像聽到有什麼淅淅瀝瀝灑落地上，那混蛋乾元說他潮吹了，但鍾離宵已經無暇理會，腦袋炸開一片又一片空白。在裴越挺動下身時，那敏感得牽扯每一寸神經的密穴被漸漸填滿，抵在花腔深處的騷心。

該死的乾元鍥而不捨地繼續哄他。

「乖，看一下，還是你想我現在就完全標記你？」

好不容易清醒幾分，鍾離宵嘩地哭出來，可憐兮兮地嗚嗚哭叫——沒有耐性的乾元已經叼住他後頸肉，一邊舔拭那梅香清幽的白膩軟肉，一邊用牙尖刺刮因為發情而微微腫起來的燙熱腺體。

鍾離宵哭得像頭受傷的小獸，這回聽話地睜開眼，看見鏡子裡春色無邊又淫靡不堪的自己，又是害怕又是羞恥地哭得更悽慘。

抱住渾身淫紅的少年，裴越揉玩他胸前和腰間的梅花，滿足地嘆喟：傻兔子怎麼欺負都不夠啊。

「喊我的名字，喊了我就少操你一次。」

分明是不公平的條件，可鍾離宵已經無法思考，用軟糯的哭腔抽抽噎噎地小聲說：「裴越……裴越……」

裴越嘴角上揚，應道：「嗯。」

會喊他名字的傻兔子，真好。

「嗚，好脹，別要、再變大……」

傻兔子驚慌失措地踢腳腳，妄圖掙開深入在裡頭的東西。可裴越不許他亂來，直接在下身相連的情況下把人轉了半圈，抵在水鏡上面對面地抱著操他。

赤裸的後背忽然貼上水鏡，冷得鍾離宵直哆嗦，可體內的情熱又把他的理智燃燒殆盡。他攀住乾元壯實的手臂，如海裡浮木般被操得顛簸起伏。

乾元的體力和情慾有如無底深澤，怎樣填都填不滿，更別說裴越這混帳的體力怪物，如果不是梅香味道早已蓋過鮮血時信，跟鍾離宵相比他才是春露期發情的人吧。

鍾離宵已經數不清換了多少個姿勢，花腔被灌溉多少次濃精，直到外頭月亮升起，又被太陽推回山下，裴越才掐住那道滿布指痕的勁瘦的腰，再次抵在花腔騷心狠狠灌滿白濁。

小小的花腔灌得又滿又漲，灌不下的精液溢出來填滿甬道，把坤澤的肚子撐得圓鼓鼓的如有身孕。

裴越這才把肉棒撥出來，精液和潮水混在一起從被操翻穴肉的玫紅小嘴裡湧出來，濺在兩人腿上，髒汙了滿是各種水液的地板。

用淨身咒清潔身體，裴越把傻兔子抱回乾淨的床榻上。這回他做得太狠，在他肚子裡灌了太多，合不攏的淫穴一直吐出裴越的東西，每流出一股也顫抖了陷入昏睡的傻兔子。

裴越啄了把鍾離宵的嘴尖，真有臉說他：「淫兔子。」

直接把人抱到後院的天池裡，池水溫暖，蓮花飄香，但遠不及懷裡梅香暗送。

裴越操縱池水，溫和灌進鍾離宵後穴裡，幫他渡出射在裡頭的精液，低頭聞在他的腺體上，時信的氣味依然濃郁。

坤澤的春露期少說也要維持十天啊。

乾元看著操了一天一夜就體力不支的傻兔子，心裡難得發愁：怎麼比以前更不耐操了？

某體力怪物完全沒有反省自己的禽獸淫行。

打算上水後給他餵些補充精元血氣的丹藥，裴越想到這，忽而笑了：從以前到現在，能讓他堂堂劍尊侍候洗澡餵藥的，也只有鍾離宵一人。

睡在懷裡的少年身上還有梅花，卻比以前開得更多更豔麗——全是裴越烙下的吻痕和指印，就跟接吻一樣，全都要補回十二年的份。

這下子，你總得承認，你已經是我的吧。

裴越神色柔和下來，比天池的水還要溫暖，在他的傻兔子耳邊低聲。

「有我在，你要當膽小無知的傻兔子，還是獨當一面的少宮主，我也為你聽之任之。」

耳朵還是受不得癢，鍾離宵縮了縮脖子，像是拒絕這番霸道輕視的話。但昏昏沉沉間，他在夢鄉深處想起叔叔在他小時候調笑過他的話。

又要聽劍尊的故事嗎？

你啊，老是把劍尊掛在嘴邊。

你真喜歡劍尊呢。

可喜歡他了。

◆　◆　◆

鍾離宵悲哀地再次發現，只要劍尊想啪，就算跨越千山萬水他也會來啪。以前一旦劍尊有空——喔不，劍尊什麼時候都有空，他就會把傻兔子放倒在任何可以啪啪的地方，做得他下不了地。

現在更是直接把鍾離宵留在洞府裡，同樣做得他下不了地。

十天的春露期之後繼續被按在床上壓的鍾離宵被操得不知時日，迷迷糊糊中只想到：好像回到當初日啪夜啪毫無節制的淫靡生活。

幸好，修真大會要開始了，鍾離宵有藉口離開。

他趁裴越去給他摘蓮子——這回不是拿來餵他下面，而是讓他好好當零食吃，但鍾離宵依然敬謝不敏，還想對這個混帳男人彈一首哀樂。

他用幾個術法弄乾淨自己，又嗑了幾顆回血的丹藥，鍾離宵撒出天仙絹頭也不回地飛回廣寒京。

至於一時不察來不及抓人的裴越會如何生氣，鍾離宵暫且不敢去想。

們在修真第一宗門旁邊入座。

鍾離宵心生怪異：雖然廣寒京是祕境仙地，但隱世多年在修真界沒有多大的名聲地位，怎麼直接把他們安排到上座？

他想起同樣是修真寶地的燭嶺古都，以及在他痴傻時曾聽說過修真界對燭嶺古都的誣陷和覬覦。

明知道修真界不復清朗，明知道修真大會定有貓膩，但還是大意了，現在只有他和老師，兩人還貿然參加。

坐在傾天闕旁邊不好偷溜，鍾離宵打算見機行事，給老師傳音讓他也留個心眼。

鍾離笙淡淡地看向他，半晌後才笑著說：「沒事的，少宮主無須擔心。」

看他如此篤定，鍾離宵心中一顫：老師知道接下來會發生什麼事。

修真大會此時正式開始。

由傾天闕主持，掌門陵均子傳音百里，座下原本熙熙攘攘的萬人喧聲瞬間歸於寂靜。

陵均子嗓音依然洪亮，在他身後的一千弟子面容扭曲，索性摀住耳朵。

「此次召開修真大會的目的，想必各宗門心中有數，一為剷除魔道裴越和燭嶺古都，二為修真界人才資源的調配。」

鍾離宵默默地眨巴眼，又是口說無憑直接把裴越分類成魔道。

「閒話免提，資源調配一事上，吟北祕地廣寒京已經與各大宗門世家簽定了契約。」

話音剛落，其他宗門世家無不喜形於色，譁然激動。

鍾離宵為之詫異，他可沒聽過什麼契約，扭頭問：「老師，到底怎麼回事？」

卻是陵均子回答他：「廣寒京少宮主將會以門生身分，輪流在各大宗門世家遊學修行，為期五百年。」

門生？在各大宗門世家？遊學修行？

他驚疑不定地看向老師，只見鍾離笙笑意平淡，也萬分詭異。

「少宮主，你可是坤澤啊。」

是爐鼎。

只要交歡一次，修為就得以大幅提升的絕妙爐鼎。

鍾離宵駭然，瞬間如墜冰潭。

什麼門生，什麼遊學，都是說著好聽的幌子。

他的老師要把他送給這群道貌岸然的宗門世家，當五百年爐鼎！

廣寒京的宮袍在芸芸修士中很好辨認，所有人迅速把目光聚集到那名清風朗月的傾城少年身上。

這裡所有人都知道他就是廣寒京少宮主。

他就是坤澤。

目前修真界裡唯一公開的爐鼎。

放眼之下，三千宗門上萬修士人人眼裡放光，或渴求，或貪邪，甚至有赤裸露骨的淫穢，把他視如寶物，視如死物，更甚者視如淫物。

誰也沒有把他當作人來看。

鍾離宵驟然寒冰刺骨，看著他的老師，難以置信地問：「老師您!?鍾離笙，你知道你在做什麼嗎？」

鍾離笙回以奇怪神色，理所當然地說：「自是知道的。」

自廣寒京的雪山大陣遭到損毀、被迫入世後，就被以傾天闕為首的修真界盯上他們的天材地寶，對外說是感激修真界幫忙緝凶和尋人，其實是在各種威逼利誘之下，強迫鍾離笙吐出更多靈寶。

哪怕廣寒京如何地大物博，也禁不起整個修真界往死裡薅羊毛。

更何況鍾離笙不願被薅。

所以他向陵均子說：他們的少宮主是坤澤，自願以爐鼎之身輔助各大宗門世家。

兩人神智不全地流落在外，直到花開臉上才恢復那麼些神智，尋回自己的道侶想要一同回去廣寒京，卻遇上五十年前的與魔大戰。

可能是受到戰事阻撓，可能是修為境界和骨生花不相容，可能是元神靈脈已被吞噬侵空，原因連鍾離笙也不得而知。總之最後夫妻兩人的本命燈熄滅，死在回家的路上。

鍾離宵一時駭然，即使早有懷疑，他仍然心存一絲僥倖：是父母把鍾離笙從分家遷入本家，叔叔更是與他竹馬摯親，廣寒京上下沒有任何一人辜負過他。

卻是這人，漫不經心地承認是他背信棄義，把自己的雙親謀害至死！

鍾離宵暴怒道：「鍾離笙！你如何敢!?」

為何不敢？

鍾離笙目光遊離。

「本君不過是想見到他而已。」

見他的淵哥哥。

那個不被雪山清規束縛，嚮往修真紅塵，一去就是百十年的人。

阿笙只想見他，還為那人改了道號，名為望水道人。

望水，望水，所望的是那道映照星光河淵的水啊。

無論阿笙寫了多少信，哀求多少遍，淵哥哥也不曾回來。

卻在兄嫂喜得麟兒時，二話不說趕回廣寒京。

在淵哥哥心中，宮主和宮主夫人是最要緊的人。

所以要是他們出事了，就算在九州最遙遠的地方，他也會披星戴月趕回來。

果然，正如阿笙所料，淵哥哥回來了。

而且因為設計成失蹤，加上少宮主年幼無人照看，疼愛家人的淵哥哥留下來了，一邊尋人一邊照顧孩子，還跟阿笙一起守護廣寒京。

那是阿笙幾百年來最愉快的時光。

可是得知兄嫂死後，還是困不住淵哥哥，他又離開了雪山。

明明他以前跟阿笙說過：替他好好守住廣寒京，這裡是他最喜歡的地方。騙人。

要是你最喜歡的地方，為什麼不留下來？

阿笙在信中聽你說盡紅塵風光，滿心嚮往。

可他嚮往的是，能與你一同踏遍紅塵，世事無憂。

只要你一句，想阿笙出去陪你，他會馬上離開廣寒京，伴你身旁。

可你沒有說，一直沒有說……

在你心裡，他只是普普通通的阿笙嗎？

這話連他自己也覺得可笑，淵哥哥心裡，阿笙永遠不會放在第一位。

但是沒關係，宮主和宮主夫人不在，少宮主就是淵哥哥最最要緊的人。他可是為了給少宮主送琴，千里迢迢地趕回來呢。

要是同樣給少宮主種下骨生花，淵哥哥一定也會回來。

這回不能再設計成失蹤，不然淵哥哥還是會到處跑。反正骨生花能讓人痴傻，只要隱藏好下咒者的證據，銷毀記載的典籍。淵哥哥向來心善，絕不會對阿笙起疑，最後就會心甘情願留下來照顧小侄子。

阿笙也能永遠陪在淵哥哥身邊。

只是沒想到，雪山大陣被破，外人闖進廣寒京，把他的計畫打得混亂粉碎。

不過骨生花已經種下，只等平息紛擾後，還是有大把理由讓淵哥哥留下來……

「但他卻在回來的路上死了。」

原本還笑意盈盈沉醉在不算甜美的回憶中，鍾離笙倏然悲痛欲絕，朝鍾離宵怒然嘶吼：「他因為疼愛你而死！因為被劍尊牽連而死！」

最後掩面痛哭。

「卻不是因我而死……」

「不是因為你而死？」鍾離宵的獨幽古琴已抱在懷裡，殺意如冰雪噴湧。

「鍾離笙，你置我於死地，殘殺我的摯親，現在還有臉說叔叔不是因你而死？

還有臉把過錯推到裴越身上？還有臉活下去⁉」

說罷，嶽瀾峰山頂上所有冰霜雪花化為無止無盡的冰針冰刃，以狂風暴雨之勢殺向鍾離笙！

做為合體期陣修，鍾離笙熟練地為自己降下層層疊疊的大陣，半是瘋癲地大哭大笑：「本君當然要活下去，我與他承諾過，一輩子在這裡替他守住廣寒京。為此只能屈就少宮主，他可是最疼愛您了，少宮主也能理解我的苦衷吧？您該理解的！」

這是苦衷就有鬼了！

儼然是火上澆油，化神期的鍾離宵實力絕不低弱，他十指翻飛，戰曲怒起，千百仙兵躍然空中，手舉利刃誓要把鍾離笙連人帶陣劈進地底。

這時厲人的靈力壓頂而來，一波吹散戰曲仙兵。

陵闕子面目肅然，一副義正詞嚴地說：「發生此等憾事，少宮主還是節哀順變吧。但這裡是修真大會，商討天下大事的地方，你們宗門內部的紛爭等回去再作處理，當然要在少宮主履行您的爐鼎契約後。」

鍾離宵怔然，抬頭環視四周，偌大的嶽瀾峰峰頂，三千宗門上萬修士，所有人都知道鍾離笙已經入魔，知道他做過多少令人髮指的惡行，卻仍然無動於衷。

只在意他這個爐鼎能否送到他們宗門。

傾天闕的丹心長老飄然而至，老修士在大乘期打滾好幾千年，也卡在突破渡劫期的瓶頸好幾千年，現在看著鍾離宵就像看見一顆能渡劫飛升的仙丹，吃了就能羽化登仙直通天庭。

他順著白鬚，看著是如此仙風道骨，朗朗笑聲卻很是刺耳：「這可是為了修真界的未來，請少宮主紆尊，先到傾天闕遊學。」

遊什麼學？想操他就直說！

已經罵不出半個字來，那就直接開打！

這回的戰曲更為恢宏壯烈，仙兵萬千，再不是陵均子一震就碎的小貨色。

突然湧出大批兵馬，修士們一時猝不及防，連忙掏出各自神兵利器應戰，打著打著就罵起來。

「他怎麼跟裴越一樣，一聲不吭就開打？」

「還跟他一樣骯髒，打一個不夠，還把在場所有人都打了！」

緩過來的鍾離笙好死不死地在場外吆喝。

「少宮主身上可是有那人的精元氣味，濃重得很，看來是趁本君閉關時出去與之相會，盡情纏綿。如此不懂得潔身自愛，理應到各門各派好好修行，修身養性，以正少宮主的威嚴自律！」

你讓他去上百門派輪流被操五百年，這叫修身養性!?

鍾離宵彈錯幾個音階，氣得幾欲吐血，那入魔的人還在吆喝。

「不過太好了，這次你去找他還是沒有被標記，他比本君想像中還要珍惜你……該死，本君可真羨慕啊……」

要是被完全標記，做為坤澤，他從此獨屬乾元一人。

做為爐鼎，其他人就不能使用，成了廢品。

最後鍾離笙一臉欣慰。

「廣寒京可需要少宮主，身為爐鼎的少宮主，絕不能成為一人之物啊。」

鍾離宵還真吐出血來，合著之前你說這話是就為了這意思!?

陵均子被仙兵追打得最厲害，也不懂得這清冷優雅的小孩兒召喚出來的仙兵如此不講武德，被吼了就開溜，回頭又衝過來專門戳他屁股。

給戳煩了，陵均子吼道：「先擒住鍾離宵！」

就知道鍾離笙胡說八道，他家少宮主根本不想到各家各戶當爐鼎送溫暖。但沒有關係，契約早就簽好，當鍾離宵尋回來就立即生效。今天在修真大會提一嘴不過是走個過場，之後管他願意不願意，各種術法丹藥也能讓他點頭！

眾人聽從傾天闕掌門的號令朝鍾離宵一擁而上，如江河奔流入海頃刻間把孤軍奮戰的鍾離宵淹沒，傳來野獸般的原始歡嚎。

「喔喔喔，是坤澤，活生生的坤澤！」

「啊啊啊，真香，別人家的少宮主真香！」

「嗚嗚嗚，我摸到他的手手了這輩子都不會洗！」

鍾離宵也嗷嗷嗷地跟著尖叫——

「噁心至極。」

有人說出他的心聲。

隨即暴風來襲，把圍堵的千百修士全部掀飛，把鍾離宵身邊百丈土地清空，揚起紛飛大雪。

雪霧之中，五千修士踏空而來，身上全是暗浪逐月的玄黑道袍。

為首的白髮劍尊揚開衣袍上的風雪，呈現袖中皎潔明月，俊朗的面容冷傲一笑。

「燭嶺古都可是實打實的正道門派，修真大會怎麼不算上本尊？」

第十一章

渡劫

裴越來了。

琴落在腳邊也不自知，鍾離宵從地上站起來，仰望頭上那神威凜凜的男人。

——宵兒，劍尊可是天生強者，威嚴無邊。

——他不輕易出手，可一旦拔劍，哪怕天兵神將也擋不住他。

劍尊一劍落在雪峰上，山崩地裂；一劍落在平原上，會場崩塌；一劍落在上萬修士頭上，眾人驚惶四散。

又是三劍，再次把修真大會劈個四分五裂，兵慌馬亂。

把幾百個奮起的宗主掌門拍蒼蠅般拍進雪峰裡，劍尊不屑一顧，目光掃視混亂的雪地會場，精準地找到他的傻兔子。

就算是天道，也奈何不了本尊。

他是說真的。

「過來。」

他。

男人說出兩字，傻兔子愣愣地看著他，幾秒後才反應過來，甩出天仙絹想飛向

喔，我的琴。想起落在地上的劍尊親簽古琴，傻兔子又繞回去把琴撿回懷裡，

披上天仙絹飛過去。

裴越凝凝看著他，嘴角勾笑。

不僅是尊主，燭嶺古都全體雞掰郎激動得上躥下跳。

「嗚嗚嗚，是兔子大人，兔子大人回來啦！」

「啊啊啊，兔子大人穿這身好好看啊，束起髮冠露出脖子好想舔舔！」

「喔喔喔，我的麒麟臂已經蠢蠢欲動，《兔兔不吃嗎》第二冊已經在我腦中生

成稿子啦！」

然後被不高興的尊主一個劍氣扇飛。

唯獨段若神情幽暗，陰惻惻地看著飛過來的傻兔子。

剛飛上空中，天仙絹忽然被扯下，鍾離宵回頭一看。

是鍾離笙。

他滿目紅絲，不知是急火攻心，還是心魔所致，悲憤地指責：「他可是間接害

死你叔叔的人！」

鍾離宵漠然，低聲說：「你才是。」

鍾離笙瞳孔震顫，他絕不承認這個說法，狀若癲狂地連說幾聲不是。隨即神色一轉，擺上師長的嘴臉繼續指責：「劍尊乃魔道，少宮主不可與邪派為伍，為何偏要與修真界為敵？您想置廣寒京於不義嗎？那可是，那可是他最喜歡的廣寒京，我說好，說好要為他守著……」

鍾離笙說著，已頹敗在地，鍾離宵冷冷地看著他昔日的恩師，今日的殺父殺母仇人，更是害死他叔叔的人，不再予以半點憐憫痛惜。

「叔叔他並不是喜歡廣寒京。」他無情地揭破鍾離笙的心中幻影，「他喜歡的是有父親母親和我的地方，你做為他的摯友，真不知道嗎？」

他不知道嗎？

鍾離笙一愣：他只是假裝不知道而已。

鍾離宵依然無情，「你可要知足，叔叔死前都不知道一切骯髒蠢事全出自你手，他還是喜歡廣寒京的。」

淵哥哥會喜歡廣寒京，可能，也因為有他的阿笙在。

鍾離笙愣在原地頹靡不堪，哀火啞去，看著茫茫白雪怔然出神，那是廣寒京的方向，埋有他的屍骨冰墓。

人拎出來，灌上鐵泥沉到下面冰川裡。

不過能摸到他家兔子，心裡還是愉悅的，把鍾離宵拉到一個景觀特別開揚的位置，裴越一副「看看朕的大好江山」的口吻跟他說：「告訴你一件事。」

這個開揚景觀其實是崩塌變形的修真大會會場，一堆被裴越無情開劈的修士嗚呼哀哉地又哭又罵，從頭到尾只有悽慘可言，鍾離宵再次明白為什麼陵均子致力於把裴越黑成魔尊的原因。

對上傻兔子疑惑的目光，裴越指向遠處，悠悠道。

「是他告訴你。」

所指之處，是段若。

確如段若所說，只要是尊主下的命令他定會赴湯蹈火在所不辭，哪怕叫他去生擒一個大乘期的掌門。

他拔劍而上，劍身黝黑低鳴陣陣，蜷起劍意直刺陵均子。

大乘掌門怒不可遏，高聲喝罵：「區區合體期小兒，還敢在本尊面前狂？」

在他面前狂過的化神期兔子倒是老神在在，跟著劍尊一起看戲。

段若看見這一幕，憤恨得要提前吐血。

他的尊主本該立於天端，孤傲不凡！現在卻因為那頭傻兔子落在地上，腳沾塵泥，不該啊，真不該！

是他失算了，尊主可是全天下唯一能渡劫飛升的大能，本應肩負肅清修真界的大業，可全被這頭傻兔子耽誤。

早知道在尊主對他動情之前，就把他處理掉。

這一不留神，段若被陵均子一擊震退，手中那把黝黑的劍震成粉碎，更把他原本有舊傷的金丹又震裂幾分，摀住胸口嘩地吐出一地腥血。

被打得狼狽不堪，迫於無奈之下，段若喚出他用得最順手的佩劍。

銀劍出鞘，劍意化作一道耀眼虹光，映照天地！

當虹光入目時，一旁看戲的鍾離宵為之駭然，過去所有蛛絲馬跡在瞬間串聯成真相！

——尊主您的劍丟了，請先用我的佩劍，御劍回燭嶺古都吧。

——段長老您換了佩劍嗎，跟您以前會七彩發光的那把完全不一樣呢。

——他在十多年前剛突破合體期就與人死鬥，金丹震裂至今仍未修養好。

——殺死淵哥哥的人是名合體期劍修，故意隱藏自身劍意，模仿劍尊的劍氣。

——但在深可見骨的傷口深處發現一絲劍中虹光。

此劍名為，虹海！

「是你殺了淵哥哥！」

身後炸起嘶啞的怒吼，鍾離笙同樣瞬間意識到真相，登時殺意騰飛，揮手在段若身上降下萬刃陣法。

前有陵均子，後有鍾離笙，段若腹背受敵，很快就被打趴地上，快得燭嶺古都的吃瓜群眾沒來得及反應過來。

回頭就看到自家長老半死不活地癱在地上，燭嶺眾人大吃一驚，連忙舉起刀劍法器打算支援段若，卻被之前那幾個知道內情的長老一一攔下，下巴撇向尊主。

裴越漫不經心，看向段若時是視之如死物的冰冷，淡然道。

「段若，把你做過的事一五一十全吐出來。」

段若最初也是一名孤傲的修士，他無門無派，獨行天下。

然而數百年下來，他見盡的並非正道清風，而是宗門世家之間的迂腐虛偽。天地靈氣的耗盡更是把整個修真界推向腐敗，門派之間爭吵不休，紛紛自掃門前雪。

這不是修真正道該有的世界，他要以一己之力，肅清修真界！

段若抱負遠大，卻心有餘而力不足。一切義憤填膺之舉反而招來其他同道恥笑，甚至有修士來告誡別要多管閒事，壞了規矩。

所有人都在笑話他，笑他自以為是義薄雲天，其實是愚昧無知。

對啊，他不過是一介尋常修士，就算天下第一大宗門傾天闕返璞歸真，也難以扭正當下歪風。

現在的修真界，可容不下真正行正道做義事，平定天下拯救蒼生之人。

段若從最開始的戰意高昂，到後來的失望，再一步步地低迷，挫敗，絕望。

難道就沒有人可以還修真界一個清正明朗的天下嗎？

這時，劍尊現世。

裴越當時不到兩百歲，已經達到合體境界。他手握歸塵古劍，劍風長虹貫日，化作天地清境，天道為之長鳴。

再過百年，裴越再次突破境界，成為天下第一大乘尊者，碾壓其他幾千年修為的前輩。

他是天道所承認的天下劍尊。

段若大喜過望：是這個人，是這個人了！

裴越的道齡比他更淺，修為境界卻遠在他之上，實力和氣魄更是不在話下。

這年輕的劍尊定能肅清修真界！

得知劍尊想要私下創立燭嶺古都，段若披星戴月、日夜兼程趕到他身邊，只求能稱他一聲尊主，在他麾下赴湯蹈火在所不辭。

後來，全修真界也知道劍尊裴越有一名忠心耿耿的劍修，是一同開創燭嶺古都的最大功臣。

段若的忠誠天地可鑒，日月可表，對尊主俯首稱臣，無所不為。

但有一點他卻無法認同。

尊主他完全不管事。

裴越開創宗門後就丟著不管，全交給段若和其他長老去辦。十年回來開一次會已經值得放煙花慶祝，他隨便就幾十年不見人，還找不著人。

劍尊是知道的，知道修真界是一團無可救藥的爛泥，明明跟傾天闕那個道貌岸然的陵均老狗八字不合，怎麼就是不去肅清這腐敗的世界呢？

是了，想來尊主從不在乎修真界，不過要是敗壞到令他大失所望的地步呢？要是修真界為了延續歪風，把尊主和燭嶺古都逼入絕境呢？

說不定，說不定尊主就會行動！

慢慢等腐爛的東西自己冒出來可不知要等到猴年馬月，所以段若決定親自把修真界的醜惡挖出來。

他到處散播謠言，說使用魔器能增長修為。

他誘騙冥象樓的人私賣魔器，在無能的修士間形成產業鏈。

他殺死魔氣入體的修士，剖其金丹，棄屍荒野，製造混亂。

他教那些不想名譽掃地的宗門，如何處理用過魔器的同門。

他誘導他們，把罪名嫁禍到燭嶺古都身上。

他做的不過是放出誘餌，若是天下清明，誰又會上鉤？

可事實是，修真界這池濁水輕易地攪得更加混濁。

太失望了。段若不由得大笑出來：修真界沒救了，如此一來，劍尊也不能忍了吧？

對了，把事情鬧得更大一點吧。

有個不知死活的琴修老是給尊主送信，邀請他到廬山聽曲。

雖然與他無怨無仇，但為了天下大義，更為了尊主大任，只能讓你死於虹海劍下。

段若為了能把汙名掛在尊主身上，故意模仿劍尊的劍風，隱瞞自身劍意。

如此一來，就算他用最趁手的虹海，也只能發揮六成修為，被拚死還擊的琴修打個重傷，裂了金丹。

但沒關係，現在目的已成。之後只要在合適時機散播謠言，那時尊主也好，燭嶺古都也罷，也會被這個偽善的修真界所排擠迫害，繼而失望悲憤。

這樣正好，以段若對尊主的了解，他定有一天再也看不過眼，帶上燭嶺古都，帶上他，把這些所謂的正道門派一個個傾覆滅絕！

讓修真界重生！

本該如此，本該如此！

「可突然跳出你這頭兔子！妨礙尊主的肅清大業！」

段若指著鍾離宵，吐血大罵。

「廢話真多。」裴越一個劍風把人甩飛地上，回頭掃了掃傻兔子的背，安慰他說：「沒事，與你無關。」

鍾離宵眨巴眼：確實與他無關啊。

只是沒想到真凶就在身邊，而且是他完全沒有料想和懷疑過的人，鍾離宵此時此刻卻是心力交瘁：今天所知道的真相太多，已經疲於震撼和憤怒。

然而殺害叔叔的人絕不輕饒！

手裡古琴弦線震顫，心中恨意肆意騰升，鑽入心頭幾乎要沉積成魔。此時身旁的男人忽然捏貓脖子似的，揉了把他的後頸，墨藍的眸光落在少年身上，分明在說：有我在，別髒了自己的手。

心裡有如降下甘霖，洗去了渾濁心神的怒與恨。鍾離宵怔然，隨後吐了濁氣聽話地按住琴弦，只是問道：「你什麼時候知道叔叔是被段若所殺？」

「聽你說起辰淵的事時。」

是幾天前還在萬月霜嶺的洞府，鍾離宵跟裴越提過劍有虹光的事。

裴越立刻對此生疑，回去燭嶺古都先把段若繼續關在思過崖，再找來幾名值得信任的長老徹查此事。

沒想到一掀就是一整串，甚至當初廣寒京的雪山大陣被破、遭受外敵入侵，也是在段若所做的一連串又蠢又毒的惡行下，間接造成的騷動。

「本尊自然知道他私底下會耍些小把戲。」裴越裝模作樣地低嘆：「可沒想到如此膽大妄為，看來本尊主威嚴不再。」

雖然現在的情況和心情不應該，但鍾離宵很想翻他白眼。

裴越不屑道：「又一個把自身執念強加到他人身上，擅自抱有期待的自私小人。」

找到殺害淵哥哥的真凶，鍾離笙眼裡有光，卻是癲狂的厲光。

他連陣法也忘了用，直接撲上去撿起段若的虹海劍，一劍又一劍地刺在殺人凶手身上，瘋瘋癲癲地又哭又笑：「找到了，我找到了，淵哥哥你看看，就是這人殺了你！阿笙會為你報仇，為你報仇！你別要討厭我！」

先後被陵均子和鍾離笙打個半死，最後被尊主一下拍地上，段若早已躺在血泊中不能動彈，眼睜睜看著自己任由宰割。

偏偏鍾離笙故意折磨他，沒有一劍刺在致命處上，卻每一劍也深可見骨。段若咬牙切齒，只能默默承受皮肉之苦。

裴越別過鍾離宵的腦袋，揉開他緊鎖的眉心，用不著為這兩個不知悔改的人神傷。

在入魔的瘋子快要戳死蠢毒的愚犬前，裴越揚聲道：「燭嶺古都眾人聽令，拿下段若和鍾離笙，帶回去斷天牢關禁，本尊親自發落。」

燭嶺古都的修士還陷在震驚之中，誰都沒想到燭嶺的開宗長老、第二把手就是陷害他們宗門的幕後凶手。唯獨幾個位高權重的長老臉色難看，正是他們接受尊主命令，查清段若的事。

他們需要時間消化，但尊主的命令又不得不聽。在長老們輕咳示意下，負責緝拿的修士才如夢初醒，收拾情緒先去壓制瘋魔的廣寒京陣修。

回頭撈起半死的段長老時，有個爆脾氣的實在忍不住，生生把段若摁在地上一頓暴打，被同伴攔下後他怒然嚎哭：「說好的我們都是家人呢？你為你他媽的天下大義，都把我們當什麼了!?到頭來我們就只是個笑話!?」

其他燭嶺古都的人無不眼角發紅，別過腦袋，兩手拳頭繃緊。

裴越對此置若罔聞，任由後頭哭鬧發洩個夠。

此時背後卻被輕輕拍了一把。

鍾離宵偷偷收回手，彷彿剛才安慰拍拍的不是他。

人非草木，哪怕裴越如何無心無性，追隨身後兩百年的人匪夷所思地謀害自己，就算不生氣也多少有點失望吧？

心中某個角落的塵埃被輕輕掃走，裴越勾唇一笑，摟住他的兔子轉身下令。

「眾人聽令，回燭嶺古都。」

「休想離開！」

陵均子不得不跳出來，厲聲制止：「你特意讓這合體期小兒來送死，不就是想要藉此將他的罪行昭告天下，告訴所有人你不是魔道，殺人剖丹也非你所為嗎？那又如何，段若所做之事比我們所想的更為惡劣，他是你燭嶺古都的人，自然歸你們燭嶺古都的罪！」

早前被裴越拍下山的修士紛紛歸位，為陵均子吶喊助威。

「就是說啊！你們是邪道，一輩子都是邪道！」

「把燭嶺古都還來，它是修真界的共有資源，不可獨吞！」

「把段若交出來，你們定是想要包庇罪犯！」

下一刻又被喜怒無常的劍尊掃回山下。

鍾離宵：這群人怎麼都學不會教訓……

陵均子也不怒了，死死盯著裴越身旁的少年，嗤笑道：「燭嶺古都要走就走，先把那爐鼎留下。」

裴越一個不爽，甩他劍氣：「你什麼態度跟本尊說話？」

「你這無禮小兒才是什麼態度，我本是你師叔！再說我們和鍾離笙簽了契約！」

當時掌門師叔淩均子也在場，他聽之大駭：還真不湊巧，竟然被掃到輪迴尾巴！

如此一來，兩千年後不就天地靈氣耗盡，再也無法突破境界、提升修為？

哪怕再過一萬年等靈氣恢復，又有多少修士能熬到那時？

至少，連他這個大乘修士也沒有一萬二千年的壽元。

唯獨渡劫大能，才有可能活到新輪迴。

陵均子焦灼無比，跟幾十個長老一樣火燒屁股乾著急。

最後他們決定將天道的啟示爛在他們的肚子裡，絕不外傳。然後廣納天下修真資源，囤在傾天闕裡獨享。

最後甚至打起了祕境仙地的寶庫。

湘西隱修「琉雲飛山」。

吟北祕境「廣寒京」。

青鴉淵九重靈池「月中天」。

……

把他們都從寶庫裡拉出來吧，以延續第一宗門傾天闕、不，話得說得大義凜然一點，是為了修真界的存續。

裴越從不關心師門內務，但也隱約察覺到陵均子的異常。剛好當時他尋得一處祕境，也有段若來鞍前馬後，一時興起就偷偷把燭嶺古都搞得風生水起、紅紅火火。

直到一百多年前，陵均子不再空想，挑了一處祕境下手。

裴越後來得知，實在看不過眼。

他羞辱陵均老狗後再劈了傾天闕，拿走他劍閣裡的劍順道燒了房子，又把被奪回來的靈物仙器帶走，還給被搶的可憐祕境，就此揮揮衣袖翩然離去。

第一宗門私底下搶人家祕境的東西，如此喪心病狂之事自然不可外傳，可傾天闕被劈得九州皆知，恐怕會被笑個一百年。

陵均子氣上頭來，直接把髒水潑到劍尊身上，說他叛經離道，有辱師門。

如此一來，傾天闕不僅博得同情還保有聲名，直到今天依然是天下第一宗門……

在場上萬修士，包括傾天闕的弟子，聽至目瞪口呆，不敢置信。

這個修真大會還有多少黑料要爆？前有廣寒京族內相殘，後有段若自爆誣陷黑幕，現在還揭穿他們傾天闕從來都是假正道，喔，包括他們這些蛇鼠一窩的宗門世家，也不是什麼好東西。

如此細數，他們好像比已經滅跡的魔道更像魔道，全員惡人……

順帶一提，爆料傾天闕的不是劍尊本人，不愛廢話的他拎出來一個同樣從傾天闕跳槽過來的長老，讓知根知柢的他娓娓道來。

在光天化日、眾目睽睽之下被揭翻老底，陵均子直接破罐子摔破。

「修真界不到兩千年就滅亡，一萬年後才復原，難道裴越你就不急嗎!?」

裴越還真不急：「本尊有燭嶺古都。」

祕境仙地並不屬於九州大陸，自然能免去天地靈氣耗盡的輪迴。

陵均子和他的長老聽直了眼，妒恨得額角都滋出血來，指罵道：「你！你知情不報，有何居心？」

連傾天闕的人也不幫自家掌門，側目看這人怎麼有臉說這話。

裴越想起什麼，捏了捏身邊鍾離宵的肩膀，說：「本尊還有他。」

劍尊才沒有當人家是爐鼎，只是純粹炫耀他家道侶。

明眼人吃出來了，是狗糧的味道。

鍾離宵：……別突然拉他出來刷存在感行嗎？

傻兔子撈回來了，段若的事處理完，連原本懶得爆的料也爆了，最後還炫了一波狗糧，劍尊心滿意足，牽著鍾離宵帶上燭嶺人，打道回府去。

不過短短一天，鍾離宵早已心神疲憊，就算被裴越帶走他也隨之任之，有什麼事等他休養後再說吧……

忽然，面前飄來一股陌生的芬芳。如有異色，很是甜膩，只是不經意吸入一口，已經讓他口乾舌燥，呼吸加重，就像——春露期發情。

鍾離宵赫然驚醒，這時已經渾身發燙，臉上潮紅，梅花紋瞬間開在眼邊，隨後雙腿一軟，乏力地摔在地上。

忽如其來的變卦連劍尊也大吃一驚！裴越連忙撈起鍾離宵，僅是相擁，已經聞到傻兔子身上的梅香異常濃烈，如泉水湧現，連帶他也差點被扯入春露情。

「留下爐鼎！留下爐鼎！他可是我們的東西！」是最初想要接走鍾離宵的傾天闕丹心長老，他激動得額角青筋暴現，拿著手裡的丹藥瓶隨風亂灑，一邊聲嘶力竭地大喊：「掌門師兄後下一個就是本君！本君只差一點就能飛升，誰都別攔住本君！」

眾人嚇得譁然四散。

「丹心長老入魔啦！」

「怎麼那麼多人入魔啊？」

「丹心長老他扔的是什麼？好香，身體還有點熱……」

「是他做的涎露香，說要留給爐鼎用的，還是十倍加強版！」

涎露香，簡而言之就是春藥，平時多用在乾元之間的雙修。小小一抹香粉足以讓乾元失去理性，更別說是用在坤澤身上。

被丹心長老猝不及防地糊了一臉強效春藥，附近的修士都來不及封閉靈識五感，很快被涎露香點燃乾元的時信。

剎那間，以涎露香為中心，千百名的乾元修士被迫陷入春露期，在混亂的時信味道中捕捉到一絲清幽梅香，登時狂性大發。

「丹心長老說得是，若不飛升，如何熬過那一萬年靈氣全無的空窗期？」

「他不過是個爐鼎，理應用在修煉一途！」

「還有他的祕境，只要遁入廣寒京，我就可以活到下一個輪迴！」

沒有被抹到涎露香的陵均子也不再假模假樣，趁著混亂發號施令。

「別讓裴越帶走爐鼎，不然他會完全標記，從此獨自享用！」

失去理智的乾元成了最好控制的傀儡，面對天下劍尊已然忘記恐懼，心裡眼裡只有他懷裡的坤澤爐鼎，如螻蟻歸巢向他撲過去。

一道凌厲劍風劃過，圍湧上來的修士全被掀飛。

裴越脫下黑袍，把渾身焦灼難受的鍾離宵包裹好，抱著他的手竟在顫抖，冷峻如霜的面容上是出離的憤怒。

他所怒的，是他自己！

做為天下劍尊，修真第一人，他卻讓近在身邊的鍾離宵遭受暗算。

就跟當初傻兔子在他面前骨生花發作那樣，他自以為能將之封印，卻最後無能為力，只得向他人尋來凝華珠。

明明說過，誰也不能再動他的逆鱗！是他的自負害了鍾離宵！

男人戾氣衝天，戾意化為靈光直湧天際，混沌了天上風雪，化為滾滾黑雲，雲層間雷電霹靂，狂風大作。

陵均子率先反應過來。

是雷劫！

有人要渡雷劫！

裴越要突破大乘，直上渡劫！

他駭然大喊：「阻止他！阻止裴越渡劫，讓他死在天雷下！」

依然有傾天闕的人選擇盲從，又是一波波捨命襲擊。

燭嶺古都的人豈容得你亂來？紛紛上前扛下洶湧的攻擊，另一批人想上前護法時，白銀天雷就此落下。突入渡劫的天雷共有九九八十一道，一道只比一道凶悍，一道只比一道狂烈，直把山河劈盡，大地夷平，旁人無法介入。

立於天雷之下，裴越從無畏懼，他懷裡還抱著鍾離宵，那就得把他安然無恙地保護好。

裴越拔劍，直指天際，在天雷落到眼前時他盯著帶頭作亂的陵均子，目光如刃殺意畢露。

「本尊不屑收拾你，你卻偏要自尋死路，那就休怪本尊無情！」

一劍擊落天雷，將之直接掃到陵均子身上，萬鈞雷霆把他劈成兩半！

陵均子還沒來得及反應，就看到自己另一半身體倒在地上，血肉模糊焦臭，衣袖裡的萬納錦囊被灼熱的天雷燒成齏粉，包括那捲可笑的爐鼎契約。

傾天闕的人眼睜睜看著自己的掌門被天雷劈死了，恐懼大於憤怒，下意識想要轉身逃跑。

此時第二道天雷轟然而至，又是被劍尊一劍劈開，白銀雷霆直飛湘西而去，千萬里外也能聽見轟隆巨響。

有人最先意識到，那是傾天闕的方向。

裴越冷厲道：「從今以後，修真界再無雲山傾天闕！」

宗門長老頹敗跪地，有誰想到，不過是參加一趟修真大會，他們掌門被劈死了，整個宗門被劈沒了。

修真第一宗門驟然殞落。天雷仍在下，裴越也繼續把雷劈歪，全劈在燭嶺古都以外的上萬修士身上。整座嶽瀾峰被劈得雪崩連連，天地崩塌，只有裴越腳下方寸完好無損。被劈的人走避不及，不願被天雷和劍尊的怒火波及，紛紛退到兩座山後瑟瑟發抖地觀望。

幾十道天雷過去，裴越看似遊刃有餘，可留神一看，他握劍之手已被劈開血肉，鮮血落在鍾離宵染紅的臉上。

「裴越……」

鍾離宵艱難地睜開眼，用溼漉漉的迷離眼睛看著頭上的男人，吐息間全是誘人梅香。

裴越緊了緊他，神色柔和幾許，與他溫聲：「嗯？」

鍾離宵沒有說話，掏出他的雩月流霞筆，強忍身體苦痛，為他護法。

看他頂著一張滿面潮紅的臉，認真凝神護法，裴越心裡軟了一角，也不阻止他，又是溫和問：「很不舒服？」

鍾離宵喘口氣，連這時候也謹守清規，不肯說謊，也不願實話實說。

裴越痛惜地吻一下他的眼角，冰涼的嘴唇貼在燙熱的梅花紋上，兩人也是舒服得嘆息。

不想他太難受，裴越讓傻兔子枕在他肩上，牙齒咬下宮袍後領，露出坤澤軟紅的腺體。裴越鼻尖貼在那片燙熱紅腫的肌膚上，聞著那清幽但使他發狂的梅香，壓下體內的乾元燥動，張口咬住腺體，以犬齒刺破皮膚，吮著血注入他的時信。

先咬他一口暫時標記。

比起痛楚，鍾離宵只知道這比得上裴越操進來時的快感，仰起脖子哼哼唧唧地落下一道舒服的淚水，感受那股血腥味神奇地安撫他繚亂的梅香，平息他體內混沌的情熱，多少舒緩一點痛苦，神智也回籠不少。

兩座山外的人看得清清楚楚，一同譁然：好大一碗狗糧。

情熱稍為緩和下來，明知道情有可原但鍾離宵還是忍不住惱羞，埋在裴越的頸窩裡，不想被他看到自己臉色熟透，可手中仙筆一刻不停地揮舞。

裴越既是憐愛又是好笑，逗他說：「如此痛苦，怎麼還要為我護法。」

鍾離宵故意喘兩口氣，假裝不舒服不哼聲。

裴越還有心思猜測。

「你關心我。」

「要緊我。」

「心悅我。」

「愛我。」

鍾離宵咬牙道：「……認真渡你的雷劫！」

「你耳尖紅了。」

「……」

「你可記得，你的弱點就是耳朵，被摸到會咬得更緊——」

「裴越！你怎麼話那麼多！」

「噓，再等我一下，等渡完雷劫，我就回去陪你過春露期。」

「……」

遠處用靈識偷聽的人後悔了：冷冷的狗糧在我臉上胡亂拍打。

倒是燭嶺雞掰郎裡無數女修士大為感動，好些畫修已經掏出小本本寫寫畫畫，原地趕新刊。

天道也有些無奈，趕快把九九八十一道天雷放光，在最後一道雷被擋下後，天地間倏然一片空靈。

萬籟無聲下，雷雲散去，風雪驟停，看見浩瀚無垠的星辰黑夜。

一輪皎潔圓月向大地緩緩墮落，月面越來越大，幾乎把半邊夜空覆蓋。

此時忽然聽見浪聲濤濤，月圓之下暗浪襲來，蔽去天邊月亮，有如逐月。

裴越渡劫成功了。

世間陷入寂靜，半晌過後，在山的一端炸起震天歡呼。

「尊主成功啦！」

「恭喜尊主！」

「天下唯一渡劫大能！」

燭嶺古都所有人無不喜極而泣，包括愣愣地看向月圓的段若。

他的宏願之一，是助尊主達成渡劫。

如今尊主渡劫成功，段若既是如願以償，又是滿懷不甘。

他想做的，被那傻兔子，鍾離宵給做了。

但他無可奈何，畢竟傻兔子可是尊主的機緣，他的天劫，他的逆鱗。

也是從今以後，唯一的情緣，無人能取替……

境界突破的感覺有如蟄伏的潛龍衝破黃土大地，直上萬里雲霄。靈力在體內運行，捲在澄亮的金丹上，身心無比暢快。

感受體內修為暴漲，裴越倒是不顯喜色，彷彿渡劫成功不過是飛花摘葉的尋常小事。

他掃了一眼兩座山外既害怕又崇拜的修士們，淡然開口道。

「燭嶺古都眾人該善後的善後，該回去的回去，至於其他人……」

他冷冷道：「要不，從此由本尊一統修真天下。」

此話一出，成千上萬的修士驚恐尖叫。

特別是燭嶺古都的人叫得尤為淒厲：您統了又怎樣？還不是歸他們這些小的管！

「要不，燭嶺古都和廣寒京不問世事。」裴越又扔出一個選項，冷酷無情地說下去。

「不管選哪一個也不得異議，若有半絲擾攘，那就看天道劈本尊的天雷快，還是本尊劈在你們宗門頭上的劍更準！」

說罷，身前出現一個傳送陣法，裴越抱起再次陷入發情熱而痛苦難耐的鍾離宵，旋身走入陣法之中。

不過半秒兩人已不見蹤影，速度之快把驚魂未定的修士又嚇一大跳。

燭嶺雞掰郎愉快吃瓜。

「走得那麼急啊？」

「有把事情交代好已經很棒了。」

「他們趕著回去啪啪啊！」

終章　天命

傾天闕被裴越用雷劫一劍劈爛後，天下第一宗門就此空缺。

底下的第二宗門、第三宗門乃至第一百宗門沒有一個講武德，誰都想當大老，打打鬧鬧了幾十年也爭不出個所以然來，索性在自己的地盤上都說自己就是天下第一宗門。

他們不敢跟燭嶺古都玩。

人家老大可是唯一的渡劫大能，已然成神。以前已經不是同一個檔次，現在人家真真正正的高居神壇上，你還敢跟神耍小把戲嗎？

當初裴越扔出的殘酷二選一，修真界這回就很齊心地一同選了第二條：燭嶺古都和廣寒京不問世事。

你不打擾我，我不煩擾你，真真正正的河水不犯井水。

雖然對兩個祕境眼紅又嘴饞，但劍尊已經放話，看一眼都不行，否則一劍劈死整個宗門，他們誰想步前第一宗門的後塵呢。

所以只能把握最後不到兩千年的時間，踏踏實實地修行，說不定能在輪迴之前創造最後的修真界傳奇。

而跟輪迴拉不上關係的燭嶺古都和廣寒京歌舞昇平。

做為天選之人，兩個祕境的宗門也沒有惹人注目，在自己的地方該修煉就修煉，該閉關就閉關，生活無憂，自由自在。

特別是廣寒京，得知少宮主和前宮主夫妻是由鍾離笙所害，連辰淵長老也是他間接害死，全族上下無不痛心疾首。給三位好好再祭拜一番後，眾人才支支吾吾磕磕巴巴地說以前就覺得代宮主怪怪的。

哪裡怪怪的？把所有人說的話拼湊起來，直接就是真相。

鍾離宵聽之無地自容，族人無不自責反省——是他們不常走親戚的錯。

而裴越再次確定他們廣寒京的人並沒有冰冷寡淡，不過是單純的天然呆和天然憨，少宮主更是呆中之呆。

然後被鍾離宵追著彈了半天戰曲。

燭嶺雞掰郎覺得這問題可大了，所以拉著這群廣寒京小憨憨開了整整一年的狂歡會，逛市集賽龍舟花燈會遊園會一個不落，成功打破了廣寒京的人際冰壁，畫風甚至向燭嶺雞掰郎靠攏。

鍾離宵發現後又追著裴越彈了半天戰曲。

至於為什麼一個極南一個極北的兩處祕境能時常交流、天天開趴，是因為裴越讓陣修長老在兩個祕境之間設下傳送大陣。

如此一來，兩地出入比坐飛行寶具還快，只是費煞了陣修長老的團隊，每個光風霽月的頭上都是禿的。

不過也不是人人皆大歡喜。

段若和鍾離笙被帶回燭嶺古都，關在斷天牢。

裴越從不是大度的人，有仇必報，哪怕是曾經忠肝義膽的部下。

他姑且讓段若選：自斷靈脈，自碎金丹，餘生關在斷天牢裡。或是自斷靈脈，自碎金丹，餘生不得入九州半步。

不在九州，就是要去魔域。

選哪條都是死，只是一個死得早，一個死得晚。按尊主的脾性，他本該直接把人扔到魔域。

段若這回不想遵從尊主的吩咐，他選擇留在斷天牢，留在燭嶺古都。留在這裡，他就可以一直仰望他的尊主，他的信仰。

裴越隨便他。

但對另一個人就不用留情。

鍾離笙得死，但也不會讓他死得痛快。

中。

裴越找人除去他的心魔，他得清清醒醒地面對自己的罪行，永遠生活在悔恨之

他給鍾離笙一個鎖靈瓶，可收集天地之間某道孤魂的碎片。

當初辰淵道人被段若殺死，後來段若在斷天牢裡供認說，他當時身受重傷，無力毀去辰淵道人的元神，他的靈魂仍然遊走於天地間。

找來鬼修長老招魂，那個依然一去不復返的辰淵道人沒有回來的意思，怕是靈體碎片分得太散，靈體虛弱，忘了自己是誰，找不到回家的路。

裴越讓鍾離笙拿著鎖靈瓶，就算花上幾千年時間也要踏遍九州，把鍾離淵帶回來。

知道淵哥哥有機會重活過來，鍾離笙感激落淚，卻被裴越潑下一盆冷水：鎖靈瓶得用元神供養，當靈魂收集完整時，就是你元神俱滅的時候。

一命換一命，你願意就走，不願意就一直活在斷天牢裡。

他有的是法子讓你生不如死地活到下一個輪迴。

鍾離笙帶著鎖靈瓶，離開燭嶺古都。

這事是鍾離宵之後才知道，是裴越背著他獨自處理。

那時鍾離笙的修為被削回煉氣期，用不得靈器寶具，走的每一步都得踩在黃土大地上。

如此漫無目的要找多少年？走多少路？

鍾離宵也想去一起找叔叔，被裴越一把攔下，說：你當初懷疑他懷疑個興高采烈，現在要他踏破天涯就心軟了？

鍾離宵承認，他恨老師，但也有一絲可憐老師。無論他最後有什麼下場，他都覺得大仇得報，但不會痛快。

所以裴越不僅幫他處理老師的事，想辦法復活他的叔叔，還派人試著尋找他父母流落在外的屍骨元神，用不著他煩心和神傷，其實也是不錯。

現在燭嶺古都和廣寒京能一起相連而生，和平生活，同樣也是不錯。

而他和裴越成為天下皆知的修真道侶，日夜、呃……這不說也罷……

不過，以上種種，皆是後話。

◆ ◆ ◆

鍾離宵看著琉璃藍的瓦頂，意識迷濛，昏昏沉沉。

他回到了廣寒京，回到他的璃霽殿。

總算知道裴越當初怎麼送的梅花，怎麼偷看他自慰……咳，那真的不是自……

咳，算了……

原來裴越在他的璃霽殿裡，神不知鬼不覺地布下傳送大陣。

所以那混帳乾元渡劫後拎著他，從嶽瀾峰的修真大會會場跳進陣法，直接回到廣寒京璃霽殿。

怎麼他沒有發現，連老師也沒發現——嗚！

鍾離宵低吟一聲，發散的思緒被中斷。他抬起溼漉漉的鳳眸看向身前，那個正在含住他玉柱的男人睇起眼看他，不滿他在走神。

少年已被撕去衣服，赤身露體地躺在床榻上，身上白皙肌膚浸染情熱催生的緋紅，朵朵梅花從腳踝開遍全身。最後一朵落在眼邊媚意紛飛，看得裴越眼底發紅，掐著他腿根的那一朵梅花搓揉掐弄。

又是一道輾轉低嗚，鍾離宵難耐地扭了扭腰，腿間性器被溫熱溼潤的口腔包覆，略為粗糙的舌頭碾磨皮膚嫩薄的柱身上，特意在更為脆弱的龜頭打轉，把鍾離宵折磨得神思繚亂，搖頭哭不。

就算是幫他含，劍尊也不甘願屈身人前。他坐在床榻旁，把鍾離宵放倒床上，抬起他的腰，捏住他兩團花白臀肉，讓他的玉柱遷就他嘴巴的高度，含住那顫巍巍地流水的東西。

裴越含進去時沒有半點嫌惡，很快就摸熟鍾離宵舒服得流淚的敏感處，幾下舔弄後讓他快感升天，仰起勁瘦的腰，尖叫著射進裴越嘴裡。

拿來玉絹吐出嘴裡東西，裴越以天池泉水漱乾淨嘴裡，才跨上床榻壓在鍾離宵身側，吻了吻失神喘息的傻兔子。

他們被那不長眼的丹心長老撒了涎露香，裴越修為深厚，哪怕聞到了還能壓制下來。鍾離宵雖然是化神期，但那藥是專門把坤澤往死裡發情，春露期的情熱以洪水猛獸之勢襲來，哪怕裴越咬他一口腺體臨時標記一下，還是得不到舒緩。

殿室裡梅香濃濃，快要開出一片梅花林，隱約間聞到一絲血腥味，不再像過往那樣充滿攻擊和侵略，難以想像地溫和。

裴越也被牽扯進春露期，這個從不會忍耐的男人定是很難受，撫在鍾離宵臉上的手背青筋突出，但他還是耐性地，低啞著嗓子問。

「宵宵，我想標記你，完全標記你。」

那得要操進坤澤的花腔，往深處灌精，同時咬住腺體注入乾元的時信。

從此完全成為他的人，也一輩子只能是他的人。

鍾離宵目光迷離地看著裴越，心裡迷迷糊糊地罵：如此強橫霸道的人，還問他什麼？

可又心裡發軟。

正是如此狂傲蠻橫的人，他願意去問他。

鍾離宵哽咽著不哼聲，只是闔了闔眼，微不可見地輕輕點頭。

是可以的意思。

裴越緊緊抱住他。

已經沒有擴張的必要，坤澤為了他的乾元，可是努力地自己張開肉穴小嘴，愛液在穴口牽絲，貪吃的模樣確實可愛。裴越看瞇了眼，解下身上衣袍，露出精壯厚實的軀體，身上的赤血時信毫無阻礙地撲面而來，那對鍾離宵而言是最好聞的氣味，舒服得他從身體深處酥軟至全身，意亂情迷地亂哼哼。

給他一個充滿時信味道的深吻，捲起坤澤嘴裡的梅花香，裴越一邊吻他，一邊扶著肉棒，龜頭擠入滿是春水的溼軟淫穴。

只是插入就顫得鍾離宵渾身發抖，挺立的秀氣玉柱吐出混白的水液，淌在潔白發紅的肚皮上。

裴越沒有給予他不應期的緩和，直接挺腰抽送，把身下昳麗皎潔的少年操成淫亂喘哭的發情兔子，每一下都在甬道裡最熟悉最敏感的凸出處打樁，很快又把鍾離宵操到插射，他也朝著那一點用力射精，在他的肚子裡灌滿第一波精液。

這回良心沒有全然泯滅，裴越氣息微亂地摟著嚶嚶抽泣的傻兔子，一邊在他身上細細啄吻留下另一重梅花痕跡，一邊放輕操插讓他稍為緩和快感，不時說話哄他。

「宵宵，你從未說過心悅我。」

鍾離宵……你還是別哄人了。

傻兔子裝傻不理他，裴越自有折騰他的辦法，勾住他胸前那枚扣有籠搖光乳環的蓓蕾，又騙又哄了半天，把他玩得哭成淚人，玉柱和甬道內潮吹兩遍，鍾離宵就是倔氣地咬唇不肯吭聲。

裴越無奈道：「你其實很喜歡被我玩乳尖吧？」

鍾離宵氣得別過臉，想把他的琴和筆喚出來。

男人低笑，直接把傻兔子翻了半圈，讓他翹起屁股跪趴在床榻上，那一轉動碾在早被操得軟爛的腸壁，鍾離宵仰頭嗚咽，絞緊了裡頭的肉棒。

被絞得特別舒服，裴越拍了拍那團被操得發紅的臀肉，指尖摁了把上頭的梅花，壞笑著讓他別咬那麼緊。

接下來可是要操進花腔。

鍾離宵聞言心裡一緊，但又很快放鬆下來，把身體完全交給身後的男人。感受體內那粗長的肉刃在自己的花腔入口磨蹭幾十下，每次蹭過那小嘴時，鍾離宵受不住地難耐呻吟。最後情動不已，自己把花腔入口打開，裴越一擦過就直接操了進去。

鍾離宵抓著身下羅被，仰起脖子尖叫，兩腿顫個不停，淅瀝地落下濁水淫液，打溼了青綠的被褥。

裴越俯身吻他的耳尖安撫他，哄他別要哭，是舒服的。

然後繼續索求無度地在他窄小幼嫩的花腔裡盡情踐踏，把身下的發情兔子操出淚水，操出抽泣，操出失禁般的高潮。

最後裴越插得極深極重，抵在花腔騷心處狠狠灌精時低頭咬在傻兔子的後頸，儼然猛獸叼住獵物般占有他，但又是那樣溫柔地吻在那片梅花幽香上。

那裡早已有一個臨時標記的齒印，裴越疊在上面再咬下去，牙齒刺穿略帶血跡的印痕，紮實地咬在皮肉下的腺體上，肆無忌憚地灌注屬於他的時信。

血液中，身體內，元神裡，乃至靈魂深處有什麼把兩人緊緊相連一起，勾纏成同一道命線，從此無法分離。

鍾離宵難以自制地哭出來，像是心裡有一塊空缺被完全填滿，從此不再孤身一人。

裴越鬆開口，舔去後頸傷口上的血，五百年來第一次如此身心滿足。

這頭兔子，這個人，永生永世也是他的了。

是他的了。

裴越撈起哭得打嗝的傻兔子，含住他早被親得紅潤的薄唇一下下地親了又親，低聲哄他說話。

不願說心悅他，至少也喊喊他的名字吧。

鍾離宵被哄得心裡軟個一塌糊塗，攀著乾元堅實的背，一聲聲地在他耳邊喃喃。

裴越……裴越……

乾元心滿意足，展開又一輪纏綿交歡。

坤澤散開的墨髮和乾元垂落的白髮相互交纏，在青綠羅被上繾綣成黑白山河……

◆ ◆ ◆

後來，鍾離宵完全接任宮主一職，在廣寒京長老的輔助下，努力管理好他的小宗門。

有時燭嶺雞掰郎……啊不，是靠譜的長老也會過來幫幫忙，看著勤奮好學的年輕宮主既是感動又是羨慕。

他們燭嶺古都的尊主還是老樣子，政務內務甩手不管，天天不務正業。不過沒有像以前那樣完全找不著人，現在想要去堵尊主的話，要是燭嶺古都裡找不到，就去廣寒京吧。

裴越從不喜歡冬天，寒冷的地方他也是有心情才去一趟。所以每次來到廣寒京，他嘴上都不停地嫌棄。

但還是拿著梅花，天天來找鍾離宵。

「怎麼說一句心悅我也那麼難啊？」

裴越老是捏住鍾離宵的下巴尖，怨怪他，也哄求他。

鍾離宵只是瞪圓鳳眸看他，就是不吱聲，大有以前還是傻兔子時的茫然無辜，裝傻裝出一流水平。

偏偏裴越又氣又愛。

然後窩在努力工作的新任宮主家裡，趾高氣揚地要求人家侍候他。

那高高在上的模樣，鍾離宵實在看不過眼，每次也清清冷冷地對他不瞅不睬。

裴越要是受得了這對待，就會直接在璃霽殿抱著欺負他。要是受不了這對待，就把傻兔子拎回照夜殿壓著欺負他。

鍾離宵給弄生氣了，要不把裴越從璃霽殿大陣踹回去，要不就用兔子拳把裴越捶一頓，自己跳進照夜殿大陣回家。

裴越笑他，「不是說狡兔三窟，你怎麼只逃回廣寒京？」

鍾離宵瞄了眼開在他殿室裡的傳送大陣，只要裴越一跨腳，到鍾離宵床上比他回照夜殿還快。

他冷哼道：「你不是說我逃到哪要抓回來嗎，有多少兔洞也沒意義。」

新任宮主淡然處之，但低頭翻閱卷宗時可會看見，他的後頸腺體上有道永不消退的齒印。

再往上看去，耳尖已然微紅。

裴越可喜歡那一點紅，那是他對自己情動的證明。

送來的幾十枝梅花浸在雪水裡，隨著時日流逝依照冷豔如初，彷彿時間被凍結在最美麗的花期裡，但不及案桌前的清俊少年昳麗完美。裴越深深地看進眼裡，看進心裡，拿過一枝梅花，摘下點點花朵，撒在那人身上。

紅梅落在他的書紙上，他的指尖間，他的鬢髮邊，他的眉目裡。

梅香暗送，鍾離宵拈起梅花，自然而然地送進嘴裡，抬眸看向裴越。

宛如當初在皚皚白雪中的那一眼。

他不過隨意摘下一截梅枝，又隨意落在傻兔子身上。

從此天命所歸，他是天道贈予他的寶物。

裴越執起鍾離宵一綹墨髮，吻在脣邊。

你正是我五百年無盡孤寂裡，唯一的天命。

《骨生花》全書終

藍月小說系列

骨生花

作　　者／燈燈子
執 行 長／陳君平
榮譽發行人／黃鎮隆

出　　版／城邦文化事業股份有限公司 尖端出版
台北市中山區民生東路 2 段 141 號 10 樓
電話：(02) 2500-7600
傳真：(02) 2500-2683
E-mail：7novels@mail2.spp.com.tw
發　　行／英屬蓋曼群島商家庭傳媒股份有限公司城邦分公司 尖端出版
台北市中山區民生東路 2 段 141 號 10 樓
電話：(02) 2500-7600 （代表號）
傳真：(02) 2500-1979
中彰投以北經銷／楨彥有限公司（含宜花東）
電話：(02) 8919-3369　傳真：(02) 8914-5524
雲嘉以南／智豐圖書有限公司
（嘉義公司）電話：(05) 233-3852　傳真：(05) 233-3863
（高雄公司）電話：(07) 373-0079　傳真：(07) 373-0087
一代匯集／香港九龍旺角塘尾道 64 號龍駒企業大廈 10 樓 B&D 室
電話：(852) 2783-8102　傳真：(852) 2582-1529
E-mail：hkcite@biznetvigator.com
新馬經銷／城邦（馬新）出版集團 Cite (M) Sdn. Bhd.
E-mail：cite@cite.com.my
法律顧問／王子文律師　元禾法律事務所
台北市羅斯福路 3 段 317 號 15 樓

2022 年 11 月 1 版 1 刷

■中文版■

郵購注意事項：
1.填妥劃撥單資料：帳號：50003021戶名：英屬蓋曼群島商家庭傳媒(股)公司城邦分公司。2.通信欄內註明訂購書名與冊數。3.劃撥金額低於500元，請加附掛號郵資50元。如劃撥日起 10～14日，仍未收到書時，請洽劃撥組。劃撥專線TEL：(03)312-4212 ・ FAX：(03)322-4621。E-mail：marketing@spp.com.tw

國家圖書館出版品預行編目資料

骨生花 / 燈燈子作. -- 1版. --［臺北市］：城邦文化事業股份有限公司尖端出版：英屬蓋曼群島商家庭傳媒股份有限公司城邦分公司發行，2022.11
面；　公分
ISBN 978-626-338-571-9（平裝）

857.7　　111015286